Reflets dans un œil d'or

DU MÊME AUTEUR
AUX ÉDITIONS STOCK

La ballade du café triste

Frankie Addams

Le cœur hypothéqué

Le cœur est un chasseur solitaire

L'horloge sans aiguilles

Bibliothèque Cosmopolite

Carson McCullers

Reflets dans un œil d'or

roman

Traduction
de Pierre Nordon

Stock

TITRE ORIGINAL

Reflections in a golden eye

ISBN : 978-2-234-05427-1

Pour Annemarie Clarac-Schwarzenbach

1

Une garnison en temps de paix est un lieu monotone. Les mêmes événements s'y répètent inlassablement. Le dessin d'ensemble d'un fort ne fait qu'ajouter à la monotonie : la gigantesque caserne de béton, les rangées bien alignées des maisons d'officiers, toutes bâties exactement sur le même modèle, gymnase, chapelle, terrain de golf et piscines, tout y est conforme à un plan rigoureux. Mais la monotonie d'une garnison procède sans doute surtout de son isolement, ainsi que d'une oisiveté et d'une sécurité excessives, car une fois incorporé, on attend seulement d'un soldat qu'il emboîte le pas de celui qui le précède. Il se produit tout de même parfois des choses qui ont peu de chance de se répéter. Il existe dans le Sud un fort où, voici quelques années, un meurtre fut commis. Les acteurs de ce drame furent deux officiers, un soldat, deux femmes, un Philippin et un cheval.

Le soldat s'appelait Ellgee Williams. Souvent, à la fin de l'après-midi, on pouvait le voir assis tout seul sur l'un des bancs qui bordaient l'allée devant la caserne. L'endroit était agréable, avec sa longue rangée double de jeunes érables qui dessinaient sur le gazon et sur l'allée des ombres fraîches et délicates, agitées par la brise. Au printemps, les feuilles étaient d'un vert tendre qui, les mois chauds venus, prenaient une teinte plus foncée et apaisante. Vers la fin de l'automne, elles étaient d'un or étincelant. C'est l'endroit où s'asseyait le soldat Williams en attendant la sonnerie du souper. C'était un jeune homme taciturne qui, à la caserne, ne comptait ni amis ni ennemis. Son visage rond et bronzé exprimait une certaine naïveté attentive. Il avait les lèvres pleines et rouges, et son front s'ombrageait d'une épaisse frange de cheveux bruns. Ses yeux étaient d'un ton inhabituel, un mélange d'ambre et de brun, et leur expression placide évoquait celle d'un animal. De prime abord, le soldat Williams donnait une impression spécieuse : il y avait dans ses mouvements l'agilité silencieuse d'une bête sauvage ou d'un voleur. Il arrivait souvent que, se croyant seuls, des soldats sursautent en le voyant inopinément surgir à leurs côtés. Il possédait des mains petites, minces et très vigoureuses.

Le soldat Williams ne s'adonnait ni au tabac, ni à la boisson, ni au péché de chair, ni au jeu. À la caserne il se tenait à l'écart et constituait une sorte d'énigme pour les autres. Il occupait presque tout son temps libre dans les bois qui entouraient la garnison. La zone réservée, d'une superficie de quinze miles carrés, était inexploitée. On y trouvait des pins gigantesques, de nombreuses espèces de fleurs et même des animaux sauvages : cerfs, sangliers et renards. En dehors de l'équitation, le soldat Williams dédaignait les sports auxquels pouvaient s'adonner les recrues. On ne l'avait jamais vu au gymnase ou à la piscine. On ne l'avait non plus jamais vu rire, se fâcher ou paraître souffrir de son sort. Il prenait trois copieux repas par jour et, contrairement aux autres soldats, il ne se plaignait jamais de la nourriture. Il dormait dans une chambrée où environ trois douzaines de couchettes étaient disposées sur deux rangées. Le calme n'y régnait pas. Après l'extinction des lumières, la nuit était ponctuée par les ronflements, les jurons et les gémissements étouffés des dormeurs en proie à leurs cauchemars. Mais le soldat Williams reposait tranquille. On entendait seulement parfois provenir de sa couchette le discret froissement du papier enveloppant un sucre d'orge.

Il y avait deux ans que le soldat Williams était à l'armée lorsque, un jour, on l'envoya chez un certain capitaine Penderton. Voici comment cela se produisit. Depuis six mois Williams était affecté en permanence aux écuries, car il savait bien s'y prendre avec les chevaux. Le capitaine Penderton avait téléphoné au maréchal des logis-chef et il se trouva que, de nombreux chevaux étant partis en manœuvre et, en conséquence, l'activité dans l'écurie réduite, Williams fut désigné pour cette tâche particulière. La nature de sa mission était simple. Le capitaine souhaitait supprimer une partie des broussailles à l'arrière de sa maison afin d'y installer un barbecue destiné à des repas en plein air. Cette tâche représentait une bonne journée de travail.

Le soldat Williams se mit en route vers sept heures et demie du matin. C'était un jour d'octobre doux et ensoleillé. Il savait déjà où demeurait le capitaine, car il passait souvent devant chez lui quand il allait se promener dans le bois. Il connaissait le capitaine de vue. En fait, il lui était même arrivé une fois de le contrarier par mégarde. En effet, un an et demi plus tôt, Williams avait été pour quelques semaines l'ordonnance du lieutenant commandant la compagnie à laquelle il était alors affecté. Un après-midi, le capitaine Penderton avait reçu la visite du lieutenant et, leur servant des boissons, Williams avait renversé une tasse de café sur le pantalon du capitaine. De plus, il apercevait fréquemment ce dernier à l'écurie et s'occupait en personne de la monture de son épouse, un étalon bai, indiscutablement la plus belle monture de la garnison.

La maison où logeait le capitaine se trouvait à la limite de la garnison. Elle comportait huit pièces, un étage, était crépie de blanc et, à ceci près qu'elle se trouvait en bout de rangée, elle était identique à toutes les autres maisons de cette rue. La pelouse était bordée par la forêt sur deux côtés. À droite, le capitaine avait un seul voisin immédiat, le commandant Morris Langdon. Les maisons de cette rue donnaient sur un vaste terrain planté de gazon jauni qui, récemment encore, avait servi pour jouer au polo.

À l'arrivée du soldat Williams, le capitaine sortit afin de lui expliquer en détail ce qu'il voulait. Il fallait se débarrasser des rejets de chênes et des touffes d'églantiers, élaguer les branches basses des grands arbres jusqu'à une hauteur de six pieds. Pour marquer la limite de l'espace à défricher, le capitaine montra du doigt un vieux chêne, situé à environ vingt mètres de la pelouse. À l'un de ses doigts blancs et dodus le capitaine portait une alliance en or. Ce matin-là, il arborait un long short kaki, des chaussettes de laine et une veste en daim. Ses cheveux étaient noirs et ses yeux d'un bleu transparent. Il n'eut pas l'air de reconnaître Williams, et d'un ton agacé il lui indiqua méticuleusement ce qu'il fallait faire. Il voulait que le travail soit fini dans la journée et ajouta qu'il repasserait vers la fin de l'après-midi.

Le soldat travailla toute la matinée sans discontinuer. Il s'interrompit pour déjeuner à la cantine. Vers quatre heures, il avait terminé. Il en avait même fait plus que ce que le capitaine lui avait spécifiquement demandé. Le grand chêne qui indiquait la limite du défrichement avait une forme singulière : les branches du côté de la pelouse étaient assez hautes pour permettre de passer dessous, mais de l'autre côté elles balayaient gracieusement le sol. Le soldat s'était donné beaucoup de mal pour tailler les branches basses. Quand tout fut terminé, il s'adossa au tronc d'un pin et il attendit. Il semblait satisfait et tout disposé à attendre là indéfiniment. Soudain une voix l'interpella :

– Eh bien ! Qu'est-ce que vous faites ici ?

Le soldat avait vu la femme du capitaine sortir par la porte de service de la maison voisine et traverser la pelouse dans sa direction. Il l'avait bien vue, mais elle n'avait pas touché les replis de sa conscience avant de lui adresser la parole.

– Je viens de l'écurie, poursuivit Mrs. Penderton. On a donné un coup de sabot à mon Firebird.

– Oui, m'dame, répondit nonchalamment le soldat, à qui il fallut un instant avant de bien saisir ce qu'on lui disait. Comment ça ?

– Je n'en sais rien. Peut-être un de ces fichus mulets, ou bien on l'aura mis avec les juments. J'étais furieuse et je vous ai fait demander.

La femme du capitaine s'étendit dans un hamac tendu entre deux arbres au bord de la pelouse. Même vêtue comme elle l'était, avec ses bottes, sa culotte de cheval sale et très usée aux genoux et son jersey gris, elle était belle. Son visage respirait la placidité rêveuse d'une madone et ses cheveux souples, couleur de bronze, étaient noués en chignon sur la nuque. Tandis qu'elle se reposait, une jeune servante noire apporta sur un plateau une demi-bouteille de whisky, un doseur et de l'eau. Mrs. Penderton n'était pas regardante en matière de whisky. Elle avala d'un seul coup deux mesures qu'elle fit descendre avec une gorgée d'eau froide. Elle n'adressa plus la parole au soldat et abandonna ses questions au sujet du cheval. Chacun semblait ignorer totalement la présence de l'autre. Le soldat restait adossé à son pin et son regard fixe se perdait dans l'espace.

Le soleil de cette fin d'automne étendait une brume lumineuse sur le gazon humide ; dans le bois, il s'infiltrait même aux endroits où le feuillage était plus clairsemé, et traçait sur le sol des dessins d'un or éclatant. Puis il disparut brusquement. L'air fraîchit et une brise s'éleva, légère et pure. C'était l'heure de regagner la caserne. On entendit au loin une sonnerie de clairon, dont l'écho atténué se répercuta dans le bois en notes profondes. La nuit était toute proche.

C'est alors que revint le capitaine Penderton. Après avoir garé sa voiture devant la maison, il s'empressa de traverser la cour pour voir comment on avait exécuté le travail. Il dit bonjour à sa femme et rendit un bref salut au soldat qui s'était mis au garde-à-vous avec une certaine mollesse. Le capitaine contempla l'espace maintenant dégagé. Brusquement, il fit claquer ses doigts et ses lèvres s'étirèrent en un rictus sarcastique. Ses yeux bleus fixèrent le soldat. Puis, très calmement, il déclara :

– Soldat, il s'agissait uniquement de mettre le grand chêne en valeur.

Williams accueillit le commentaire sans mot dire. Sa figure ronde ne changea pas d'expression.

– Mes ordres étaient de dégager le terrain seulement jusqu'au chêne, reprit l'officier en élevant la voix.

D'un pas raide, il marcha jusqu'à l'arbre et désigna les branches mutilées.

– Il s'agissait de laisser toutes ces branches s'étaler jusqu'à terre, pour servir d'arrière-plan et dissimuler le reste du bois. Maintenant tout est gâché.

L'agitation du capitaine semblait hors de proportion avec cette mésaventure. Debout, seul dans le bois, il paraissait petit.

– Quels sont les ordres de mon capitaine ? demanda Williams après une longue pause.

Tout à coup, Mrs. Penderton se mit à rire et sortit une jambe bottée pour balancer le hamac.

– Le capitaine vous demande de ramasser les branches et de les recoudre sur l'arbre.

Son mari ne goûta pas la plaisanterie.

– Allez ! fit-il au soldat. Ramassez-moi des feuilles et étalez-les pour recouvrir les endroits où vous avez enlevé les broussailles. Ensuite, vous pouvez partir.

Il donna un pourboire au soldat et rentra dans la maison.

Williams regagna lentement l'obscurité du bois pour ramasser des feuilles. La femme du capitaine se balançait et semblait sur le point de s'endormir. Une pâle et froide lumière jaune avait envahi le ciel et tout était silencieux.

Le capitaine Penderton n'avait pas l'esprit tranquille ce soir-là. En entrant dans la maison, il gagna directement son bureau. C'était une pièce aménagée dans ce qui était à l'origine une petite véranda, attenante à la salle à manger. Le capitaine s'assit à sa table et ouvrit un épais calepin. Il étala un plan devant lui et prit une règle à calcul dans son tiroir. Malgré ces préparatifs il n'avait pas l'esprit à son travail. Il resta penché au-dessus du bureau, la tête dans les mains et les yeux clos.

Son inquiétude était partiellement due à la contrariété que lui avait causée le soldat Williams. Il avait été irrité de voir qu'on lui avait envoyé cet homme en particulier. Dans toute la garnison il n'y avait guère que cinq ou six recrues dont il se rappelait le visage. Les soldats ne lui inspiraient qu'une indifférence méprisante. Officiers et simples soldats avaient beau appartenir au même genre biologique, ils constituaient pour lui deux espèces totalement différentes. Le capitaine se rappelait nettement l'affaire de la tasse de café, qui lui avait gâché un coûteux costume neuf. C'était un épais tissu de soie et la tache ne s'était pas entièrement effacée. (Le capitaine était toujours en uniforme en dehors de la garnison mais, dans toutes les réceptions parmi d'autres officiers, il se mettait ostensiblement en civil avec beaucoup de chic.) En plus de ce grief, il associait mentalement Williams à l'écurie et à Firebird, le cheval de sa femme, association désagréable. Et maintenant, cette erreur idiote à propos du chêne faisait déborder la coupe. Assis à son bureau, le capitaine s'abandonna à une rêverie maussade, imaginant une situation où, Williams ayant commis une grave infraction, il le faisait traduire en conseil de guerre. Ce songe le consola quelque peu. Il prit la Thermos de thé et s'en versa une tasse avant de se consacrer à d'autres problèmes plus réels.

L'agitation du capitaine avait ce soir de nombreuses causes. Il possédait à certains égards une personnalité peu banale. Il entretenait une curieuse relation avec les trois aspects fondamentaux de l'existence que sont la vie elle-même, le sexe et la mort. Sexuellement, il présentait une subtile ambivalence entre les deux sexes, mais sans manifester l'activité de l'un ou de l'autre. Pour un être enclin à se tenir un peu à l'écart de l'existence et à relativiser ses impulsions affectives pour se livrer à une activité impersonnelle, de nature artistique ou simplement excentrique, la recherche de la quadrature du cercle, par exemple, est une condition tout à fait supportable. Le capitaine avait son travail et il ne se ménageait pas ; on lui prédisait une brillante carrière. Peut-être sans sa femme n'aurait-il pas souffert de ce manque ou de cet excès. Mais il souffrait en sa compagnie. Il avait une funeste tendance à s'éprendre des amants de son épouse.

Concernant les deux autres aspects essentiels de l'existence, les choses étaient fort simples. Entre les deux grands instincts, celui de vivre et celui de mourir, la balance penchait lourdement d'un seul côté, celui de la mort. C'est pourquoi le capitaine était lâche.

Il avait aussi un côté savant. Au cours des années où, jeune lieutenant, il était encore célibataire, il avait eu beaucoup de temps pour lire, car ses camarades officiers avaient tendance à éviter sa chambre, ou bien n'allaient le voir qu'à deux ou à plusieurs. Il avait la tête bourrée de statistiques et de connaissances d'une précision scientifique. Ainsi, il pouvait évoquer en détail l'étrange appareil digestif d'un homard ou la vie d'un trilobite. Il savait parler et écrire avec élégance en trois langues étrangères. Il avait de bonnes notions d'astronomie et il avait lu beaucoup de poésie. Mais, malgré cet éventail de connaissances, le capitaine n'avait jamais conçu une seule idée. Car l'élaboration d'une idée implique la capacité d'unifier deux ou plusieurs faits avérés. Et pour cela, le capitaine manquait d'audace.

Seul ce soir-là, assis à son bureau, incapable de travailler, il ne s'interrogeait pas sur ses propres sentiments. Il revoyait le visage du soldat Williams. Puis il se rappela que leurs voisins, les Langdon, devaient dîner avec eux. Le commandant Morris Langdon était l'amant de sa femme, mais le capitaine ne s'attarda pas sur ce détail. Un souvenir ancien lui revint brusquement. C'était un soir, peu de temps après son mariage. Il avait éprouvé cette même inquiétude déplaisante et il avait cherché à la dissiper de curieuse façon. Il avait pris sa voiture et s'était rendu à une ville voisine de sa garnison, puis il avait longtemps marché dans les rues. C'était une nuit, à la fin de l'hiver. Le capitaine avait découvert un chaton errant sous une porte cochère. Le chaton s'était réfugié là pour être au chaud. Le capitaine s'était penché vers lui : le chaton ronronnait. Il l'avait ramassé et l'avait senti frémir au creux de sa main. Il était resté longtemps à contempler son doux petit minois et à caresser sa fourrure tiède. Le chaton était juste d'âge à ouvrir tout grands ses limpides yeux verts. Le capitaine avait fini par l'emmener jusqu'au bout de la rue. Au carrefour se trouvait une boîte aux lettres et, après avoir jeté autour de lui un coup d'œil furtif et ouvert la boîte aux lettres glaciale, il y avait précipité le chaton. Puis il avait poursuivi sa route.

Le capitaine entendit claquer la porte de service et se leva de son bureau. Dans la cuisine, sa femme était assise sur une table pendant que Susie, la servante noire, lui ôtait ses bottes. Mrs. Penderton n'était pas une femme du Sud pur sang. Née dans l'armée, elle y avait grandi, et son père, qui avait accédé au grade de général de brigade un an avant de prendre sa retraite, était originaire de la côte Ouest. Mais sa mère venait de la Caroline du Sud. Et les façons de l'épouse du capitaine étaient plutôt celles d'une femme du Sud. Si le fourneau à gaz n'était pas aussi crasseux que l'avait été celui de sa grand-mère, il n'était pas vraiment propre. Mrs. Penderton partageait également un certain nombre de vieilles idées du Sud, celle, par exemple, qui veut que la pâtisserie ou le pain soient immangeables si l'on n'a pas roulé la pâte sur un dessus de table en marbre. C'est pourquoi la table sur laquelle elle était assise à ce moment avait fait le voyage de Hawaii aller-retour, à l'époque où l'on y avait muté le capitaine. S'il arrivait à Mrs. Penderton de trouver dans son assiette un cheveu noir bouclé, elle l'essuyait tranquillement sur sa serviette et continuait à savourer son repas sans sourciller.

– Susie, demanda-t-elle, est-ce que les gens ont des gésiers comme les poulets ?

Le capitaine se tenait sur le seuil, et ni sa femme ni la servante ne prêtaient attention à sa présence. Une fois ses bottes ôtées, Mrs. Penderton se mit à circuler pieds nus dans la cuisine. Elle sortit un jambon du four et le saupoudra de cassonade et de chapelure. Elle se versa un autre verre, cette fois-ci une demi-mesure, et dans un soudain débordement d'énergie elle esquissa un petit pas de danse. Le capitaine était terriblement agacé par sa femme, et elle le savait.

– Je t'en supplie, Leonora, monte donc te chausser.

En guise de réponse, Mrs. Penderton fredonna un petit refrain et entra dans le salon en passant devant son mari.

Ce dernier l'y suivit :

– Tu as l'air d'une souillon à te balader dans cette tenue.

On avait préparé un feu dans la cheminée et Mrs. Penderton se baissa pour l'allumer. Son aimable visage lisse était tout rose et des gouttelettes de transpiration perlaient sur sa lèvre supérieure.

– Les Langdon vont arriver d'un instant à l'autre et tu ne vas pas les recevoir dans cette tenue, j'imagine ?

– Mais naturellement, vieux pisse-froid. Et pourquoi pas ?

– Tu me dégoûtes, rétorqua le capitaine d'un ton froid et tendu.

Mrs. Penderton se contenta d'éclater de rire, un rire à la fois feutré et mordant, comme si elle venait d'entendre un potin scandaleux, ou comme si elle avait songé à une plaisanterie salace. Elle ôta son jersey, le roula en boule et le jeta dans un coin de la pièce. Puis, calmement, elle déboutonna sa culotte de cheval et l'ôta. L'instant d'après elle était nue, debout près du feu. À la lumière jaune et orangée des flammes, son corps était superbe. Ses épaules droites mettaient en valeur la ligne nette et pure des clavicules. De fines veines bleues sillonnaient ses seins bien ronds. Encore quelques années et son corps aurait l'ampleur d'une rose aux pétales épanouis, mais le sport en contenait et restreignait encore la douceur des contours. Malgré sa pose immobile, il paraissait animé d'une vibration subtile, comme si, au seul contact de sa chair blonde, on avait pu sentir l'ardeur du sang qui coulait dans ses veines. Alors que le capitaine portait sur elle le regard indigné d'un homme que l'on vient de gifler, Mrs. Penderton gagna d'un pas tranquille le vestibule et l'escalier. La porte d'entrée était ouverte et, venant de l'obscurité nocturne, la brise agita une mèche folle de sa chevelure blonde.

Elle avait gravi la moitié de l'escalier avant que le capitaine ne se remît de son émotion. Tout tremblant, il courut alors après elle et lui lança d'une voix étranglée :

– Je te tuerai ! Tu vas voir, oui, tu vas voir !

Il était penché, une main sur la rampe, un pied sur la deuxième marche, comme s'il s'apprêtait à se jeter sur elle.

Mrs. Penderton se retourna avec lenteur et le considéra tranquillement pendant un moment avant de répondre :

– Dis donc, mon petit, une femme nue t'a-t-elle jamais traîné dans la rue pour te flanquer une raclée ?

Le capitaine demeura sur place. Puis, posant la tête sur son bras, il resta appuyé à la rampe. De sa gorge monta un son rauque pareil à un sanglot, mais il n'y avait pas de larmes sur son visage. Un instant plus tard, il se remit debout et s'essuya le cou avec son mouchoir. Alors seulement il s'aperçut que la porte d'entrée était ouverte, la maison illuminée et tous les stores levés. Une nausée le saisit. Dans la rue obscure, n'importe qui aurait pu passer devant la maison. Il pensa au soldat qu'il venait de laisser à la lisière du bois. Même cet homme aurait pu être témoin de la scène. Le capitaine jeta autour de lui des regards effarés. Puis il entra dans son bureau où l'attendait une carafe de vieux cognac très fort.

Leonora Penderton ne craignait ni homme, ni bête, ni diable : Dieu, elle ne l'avait jamais connu. La mention du nom du Seigneur lui rappelait seulement son vieux père, qui leur lisait parfois la Bible le dimanche après-midi. Elle se souvenait clairement de deux choses : Jésus avait été crucifié à un endroit qu'on appelait le Calvaire, et une fois il était allé quelque part monté sur un baudet – or qui aurait l'idée d'aller sur un baudet ?

En cinq minutes Leonora avait oublié l'esclandre avec son mari. Elle se fit couler un bain et apprêta ses vêtements pour la soirée. Chez les dames de la garnison, les commérages allaient bon train au sujet de Leonora. Selon elles, sa vie passée et présente était un copieux amalgame d'exploits amoureux. Mais ces dames se fondaient principalement sur des rumeurs et des suppositions, car Leonora était une personne qui gardait son quant-à-soi et évitait les embarras. Elle était vierge lorsqu'elle avait épousé le capitaine. Elle l'était encore quatre nuits plus tard, et à la cinquième son état n'avait changé que pour la laisser légèrement décontenancée. Il était difficile d'en savoir plus. Elle eût sans doute comptabilisé sa vie intime selon un mode très personnel : une demi-unité de compte au vieux colonel à Leavenworth et plusieurs unités au jeune lieutenant à Hawaii. Mais depuis deux ans il n'y avait personne d'autre que le commandant Morris Langdon. Il lui suffisait.

La garnison considérait Leonora comme une bonne hôtesse, une sportive accomplie et même une grande dame. Elle avait pourtant quelque chose de déconcertant pour ses amis et connaissances. Une chose qu'ils ne parvenaient pas à définir très nettement. En réalité, elle était un peu demeurée.

On ne remarquait pas cette triste réalité aux réceptions, à l'écurie ou à sa table. Trois personnes seulement en avaient conscience: son vieux père, le général, pour qui, tant qu'elle n'avait pas été mariée et établie, ce n'avait pas été une mince préoccupation; son mari, qui considérait cela comme l'état naturel de toutes les femmes de moins de quarante ans; et le commandant Morris Langdon, qui ne l'en aimait que davantage. Même sous la menace de la torture elle aurait été incapable de multiplier douze par treize. Si une impérieuse nécessité la contraignait à écrire une lettre, soit à son oncle, le remerciant du chèque qu'il lui avait envoyé pour son anniversaire, soit afin de commander une bride neuve, c'était toute une affaire. Susie et elle se cloîtraient dans la cuisine. Elles s'asseyaient devant une table chargée d'un stock de papier et d'une provision de crayons soigneusement taillés. Quand elles avaient recopié la version définitive, toutes deux étaient épuisées et dans le plus urgent besoin de prendre un bon verre de whisky.

Ce soir-là, Leonora savoura particulièrement la tiédeur de son bain. Sans se hâter, elle passa les affaires qu'elle avait déjà disposées sur le lit : une simple jupe grise, un sweater d'angora bleu et des boucles d'oreilles de perle. À sept heures, elle était descendue rejoindre les invités qui l'attendaient.

Elle et le commandant trouvèrent le repas excellent. Pour commencer il y avait un consommé. Suivait le jambon, accompagné de fanes de navets bien juteuses, de patates douces délicatement caramélisées dans une sauce légère et savoureuse, des petits pains et du soufflet de maïs. Susie présenta les légumes une seule fois, puis elle posa les plats sur la table, entre le commandant et Leonora, à l'intention des gros mangeurs. Le commandant avait un coude sur la table et semblait tout à fait chez lui. Son visage au teint de cuivre avait une expression franche, joviale et amicale ; il était très populaire, aussi bien chez les hommes de troupe que chez les officiers.

La conversation ne roula guère que sur l'accident survenu à Firebird. Mrs. Langdon toucha à peine à son dîner. C'était une petite brune frêle au teint pâle, avec un grand nez et une bouche sensible. Elle était très malade et cela se remarquait. Sa maladie n'était pas seulement physique, le chagrin et l'angoisse l'avaient rongée jusqu'aux moelles et elle était maintenant au bord de la folie. Le capitaine Penderton se tenait très droit, les coudes au corps. À un moment il prononça une brève phrase de félicitations à l'intention du commandant, que l'on venait de décorer. À plusieurs reprises il tapota d'une pichenette le rebord de son verre pour en entendre la vibration cristalline. Le repas s'acheva avec une tourte chaude aux fruits. Après quoi, les quatre convives se rendirent au salon pour y terminer la soirée à jouer aux cartes et à converser.

– Chère amie, déclara le commandant d'un air épanoui, vous avez un sacré talent de cuisinière.

Les quatre dîneurs n'avaient pas été seuls. Derrière la vitre, dans les ténèbres automnales, se tenait un observateur silencieux. La nuit était froide et l'atmosphère aiguisée par une saine odeur de pins. Le vent vibrait dans la forêt toute proche. Le ciel était constellé d'étoiles glacées. L'observateur était si près de la vitre que son souffle l'embuait.

Le soldat Williams avait bel et bien vu Mrs. Penderton quand, s'éloignant de la cheminée, elle était montée prendre son bain. Or le jeune soldat n'avait jamais vu une femme nue de sa vie. Il avait grandi dans un milieu entièrement masculin. De son père, qui n'avait en tout et pour tout qu'un seul mulet dans sa ferme, et prêchait le dimanche dans une petite chapelle, il tenait que les femmes portent en elles une maladie contagieuse et mortelle, qui rend les hommes aveugles, infirmes, et les voue à l'enfer. Dans l'armée il avait aussi entendu beaucoup parler de cette maladie et même, une fois par mois, le docteur l'examinait pour voir s'il avait eu un contact avec une femme. Williams n'avait jamais intentionnellement touché, regardé ni adressé la parole à une femme depuis l'âge de huit ans.

Ramasser dans les bois des brassées de feuilles d'automne âcres et mouillées l'avait retardé. Après avoir enfin terminé son travail, il avait traversé la pelouse pour se rendre à la soupe. Par hasard il avait jeté un coup d'œil dans le vestibule illuminé et il s'était alors trouvé incapable de poursuivre son chemin. Il était resté là dans la nuit silencieuse, les bras ballants. À la vue du jambon que l'on découpait au dîner, il avait péniblement avalé sa salive. Son regard grave et intense était rivé sur la femme du capitaine. L'expression de son visage taciturne n'en avait pas été changée, mais de temps à autre ses yeux d'or bruni se plissaient comme si, dans son for intérieur, il élaborait quelque projet subtil. Une fois que la femme du capitaine eut quitté la salle à manger, il demeura encore sur place un moment. Puis, très lentement, il s'en alla. Derrière lui, la lumière projetait sur l'herbe lisse de la pelouse une ombre longue et vague. Le soldat marchait comme un homme accablé par quelque sombre rêverie, et ses pas étaient silencieux.

2

Très tôt le lendemain matin, le soldat Williams se rendit à l'écurie. Le soleil n'était pas encore levé, l'air était froid et incolore. De laiteux rubans de brume s'accrochaient à la terre humide, et le ciel était gris argent. Sur le chemin de l'écurie il y avait un tertre d'où l'on pouvait voir une grande étendue de la zone militaire. Le bois avait revêtu toutes ses couleurs d'automne, et la sombre verdure des pins était parsemée de flaques écarlates et jaunes. Williams avançait lentement sur le sentier couvert de feuilles. De temps en temps, il s'arrêtait et demeurait parfaitement immobile, dans l'attitude d'une personne qui tente de capter un appel lointain. L'air matinal rosissait sa peau bronzée, et il portait encore aux lèvres les traces blanches du lait de son petit-déjeuner. Tout en traînant ainsi, il arriva à l'écurie juste au moment où le soleil se levait.

À l'intérieur de l'écurie, l'obscurité était encore presque totale et il n'y avait personne. Dans l'atmosphère tiède et renfermée flottait une odeur aigre-douce. Passant entre les stalles, le soldat entendait la respiration tranquille des chevaux, un renâclement ensommeillé, un hennissement. De muets regards lumineux se tournaient vers lui. Le jeune soldat tira de sa poche une enveloppe pleine de sucre et il eut bientôt les mains toutes chaudes et gluantes de bave. Il entra dans la stalle d'une petite jument sur le point de mettre bas. Il caressa son ventre gonflé et resta un moment près d'elle, les bras autour de l'encolure. Ensuite, il fit sortir les mulets dans leur enclos. Le soldat ne resta pas longtemps seul avec les bêtes – bientôt les autres hommes vinrent prendre leur service. C'était samedi, jour où il y avait beaucoup à faire dans l'écurie, car le matin les femmes et les enfants prenaient leurs leçons d'équitation. Très vite l'écurie retentit de conversations et d'un bruit de bottes ; dans leurs stalles les chevaux commençaient à s'agiter.

Ce matin-là, Mrs. Penderton fut l'une des premières cavalières à se présenter. Le commandant Langdon l'accompagnait, comme c'était souvent le cas, et aussi, ce qui l'était rarement, le capitaine Penderton, lequel montait le plus souvent seul, et en fin d'après-midi. Tous trois s'assirent sur la palissade du paddock pendant qu'on sellait leurs montures. Williams fit sortir Firebird en premier. La blessure à propos de laquelle la femme du capitaine s'était plainte la veille avait été grandement exagérée. Sur la jambe gauche avant, une petite éraflure avait été badigeonnée de teinture d'iode. Quand on le conduisit en plein soleil, le cheval dilata nerveusement ses naseaux et tourna son long cou pour regarder autour de lui. Son poil bien étrillé avait une douceur de satin et le soleil faisait luire son épaisse crinière.

Au premier abord il paraissait trop grand et trop lourd pour un pur-sang. Son arrière-train était ample et charnu, ses jambes un peu épaisses. Mais il avait une allure d'une grâce admirable, pleine de feu, et une fois, à Camden, il l'avait emporté sur son géniteur, qui était un champion. Quand Mrs. Penderton fut en selle, il lança deux ruades et fit mine de s'élancer vers la piste cavalière. Puis, luttant contre le mors, le cou arqué et la queue dressée, il se mit à sautiller l'amble et ses naseaux se couvrirent d'une légère écume. Durant ce combat entre monture et cavalière, Mrs. Penderton riait aux éclats et lançait à

Firebird d'une voix vibrante d'enthousiasme et d'excitation :

– À nous deux, mon petit salaud!

La lutte prit fin aussi brusquement qu'elle avait commencé. En réalité, comme cette esbroufe se renouvelait chaque matin, ce n'était plus guère d'une lutte qu'il s'agissait. Quand, poulain de deux ans mal dressé, le cheval était arrivé à l'écurie, il avait fallu prendre l'affaire au sérieux. À deux reprises Mrs. Penderton avait été désarçonnée et, un jour qu'elle revenait de sa chevauchée, les soldats notèrent qu'elle s'était mordu la lèvre inférieure jusqu'au sang, maculant son sweater et sa chemise.

Mais à présent, cette brève bagarre quotidienne était un rituel théâtral, une joyeuse pantomime pour le plaisir et l'amusement de la galerie. Même quand il écumait, le cheval gardait dans son allure une grâce mutine, comme s'il se savait observé. Et quand c'était fini, il restait bien tranquille et poussait un soupir, un peu à la façon d'un jeune époux qui, ayant cédé à l'humeur capricieuse d'une femme adorée, hausse les épaules et soupire d'un air ravi. À l'exception de ces révoltes pour rire, le cheval était maintenant parfaitement dressé.

À tous les cavaliers qui montaient régulièrement, les soldats de service à l'écurie avaient attribué des surnoms. Le commandant Langdon, on l'appelait « le Buffle », parce que, en selle, il penchait ses larges et lourdes épaules et baissait la tête. Le commandant était bon cavalier et, lorsqu'il était jeune lieutenant, il avait acquis une grande réputation au polo. À l'inverse, le capitaine Penderton était un piètre cavalier, bien qu'il ne s'en rendît pas compte. Il était raide comme un piquet, gardant rigoureusement la position que lui avait enseignée le maître d'équitation. Peut-être n'eût-il jamais monté s'il avait pu se voir de dos. Ses fesses s'étalaient sur la selle et tressautaient mollement. Pour cette raison les hommes l'avaient surnommé « le capitaine Cul-croulant ». Mrs. Penderton, on l'appelait simplement « la Dame », si grande était l'estime qu'on lui témoignait à l'écurie.

Ce matin-là, les trois cavaliers s'en furent d'un pas tranquille, Mrs. Penderton en tête. Le soldat Williams les suivit du regard jusqu'à ce qu'il les perdît de vue. À la cadence des sabots martelant le sol ferme de l'allée, il sut qu'ils avaient pris le petit trot. Le soleil était plus brillant et le ciel d'un bleu plus soutenu, chaud et lumineux. Dans l'air frais flottait une odeur de crottin et de feuilles brûlées. Le soldat s'attarda tant sur place que le maréchal des logis s'approcha et lui cria d'un ton débonnaire :

– Alors, Simplet, on va glander encore longtemps ici ?

On ne pouvait plus entendre le bruit des sabots. Le jeune soldat releva les mèches de cheveux qui lui couvraient le front et se mit lentement à son travail. Il ne dit pas un mot de toute la journée.

Puis, tard dans la soirée, Williams enfila un uniforme propre et partit dans le bois. Il longea la lisière de la zone réservée jusqu'à la parcelle qu'il avait déblayée pour le capitaine Penderton. La maison n'était pas brillamment éclairée comme la veille. Il n'y avait de lumière que dans une pièce à droite, à l'étage, et dans la petite véranda qui donnait sur la salle à manger. En approchant de la maison, Williams vit que le capitaine était seul dans son bureau ; son épouse était donc dans la chambre éclairée à l'étage, dont les stores étaient baissés. Comme toutes ses voisines, la maison était de construction récente, si bien que des arbustes n'avaient pas eu le temps de pousser dans la cour. Mais le capitaine avait fait transplanter tout près du mur un alignement de douze troènes de Californie pour que l'endroit n'ait pas un aspect trop rébarbatif. Abrité par cet épais feuillage, le soldat ne pouvait être vu ni de la rue, ni de la maison voisine. Il se tenait si près du capitaine que, si la fenêtre avait été ouverte, il lui eût été possible de tendre la main et de le toucher.

Assis à son bureau, le capitaine tournait le dos à Williams. Il s'agitait continuellement en travaillant. Sur son bureau, outre les livres et les papiers, il y avait un carafon de verre rouge foncé, une Thermos de thé et un étui à cigarettes. Il buvait alternativement du thé chaud et du vin. Environ toutes les dix minutes il mettait une nouvelle cigarette dans son fume-cigarette d'ambre. Il travailla jusqu'à deux heures du matin, sous le regard du soldat.

Cette nuit inaugura une période singulière. Le soldat revenait chaque soir par le chemin de la forêt et il observait tout ce qui se passait chez le capitaine. Aux fenêtres du salon et de la salle à manger des rideaux de guipure lui permettaient de voir sans être vu. Il restait au coin de la fenêtre et regardait à l'oblique, de sorte que la lumière n'éclairait pas son visage. À l'intérieur de la maison il ne se passait rien d'important. Souvent, les Penderton s'absentaient pour la soirée et ils ne rentraient qu'après minuit. Un soir, ils avaient eu six invités à dîner. Mais ils passaient la plupart de leurs soirées en compagnie du commandant Langdon, seul ou avec sa femme. On buvait, on jouait aux cartes et on bavardait au salon. Le soldat ne quittait pas des yeux la femme du capitaine.

Cette période marqua un changement chez le soldat Williams. Il conserva son habitude récente de s'arrêter soudain pour regarder fixement dans le vide. En train de nettoyer une stalle ou de seller un mulet, voilà que, tout à coup, il semblait se plonger en contemplation. Il restait figé, et parfois même sourd à l'appel de son nom. Le maréchal des logis s'en aperçut et s'en inquiéta. Il lui était arrivé d'observer ce comportement bizarre chez de jeunes recrues qui, languissant de leur ferme ou de leurs compagnes, envisageaient de « se faire la belle ». Mais quand il questionna Williams, ce dernier répondit qu'il ne pensait à rien du tout.

Le jeune soldat disait la vérité. Malgré son air concentré, il n'était pas conscient d'avoir un projet ou une quelconque idée en tête. Le spectacle dont il avait été témoin le soir où il était passé devant le vestibule illuminé du capitaine se reflétait tout au fond de lui-même. Il ne songeait pas clairement à la Dame ni à autre chose, mais il éprouvait le besoin de s'arrêter et d'attendre dans une sorte de contemplation, car un obscur processus de germination s'amorçait au plus profond de son esprit.

Au cours de ses vingt années d'existence, il avait en quatre circonstances agi de son propre mouvement, sans pression extérieure. Et chaque fois ses initiatives avaient eu pour prélude ces singulières phases d'abstraction. La première avait été l'achat soudain et inexplicable d'une vache. Il avait dix-sept ans à l'époque, mais il avait économisé cent dollars au labour ou à la cueillette du coton. Avec cet argent il avait acheté une vache qu'il appela Rubis. Riche de son unique mulet, la ferme de son père n'avait que faire d'une vache. D'une part, ils n'avaient pas le droit de vendre le lait car leur étable improvisée n'avait pas reçu l'autorisation réglementaire et, d'autre part, la vache donnait bien trop de lait pour leur consommation domestique. Les matins d'hiver, l'adolescent se levait à l'aube et, une lanterne à la main, il allait voir sa vache. Il la trayait, le front pressé sur le tiède flanc de la bête, tout en lui adressant des paroles entrecoupées de soupirs étouffés. Puis, ses deux mains serrées en coupe, il buvait le lait mousseux à lentes gorgées, à même le seau.

Sa deuxième action fut une soudaine et violente proclamation de sa foi en Dieu. Il était toujours resté assis tranquille, au fond de la chapelle où son père prêchait le dimanche. Mais un soir, lors d'une réunion pour le renouveau de la foi, il se précipita brusquement sur l'estrade. Il invoqua Dieu par des exclamations étranges, puis il se roula à terre, en proie à des convulsions. Sur quoi il resta prostré pendant une semaine, et ne retrouva jamais cette ardeur mystique.

Son troisième acte fut un crime qu'il s'arrangea pour ne pas laisser découvrir. Et le quatrième, son engagement dans l'armée.

Ces quatre événements s'étaient produits inopinément et sans qu'il les eût consciemment envisagés. Il les avait néanmoins d'une certaine façon prémédités. Ainsi, juste avant l'achat de la vache, il était resté longtemps à regarder dans le vide, puis il s'était mis à nettoyer un appentis adossé à la grange, dont on se servait comme débarras : le jour où il amena la vache, il y avait un endroit où l'installer. De la même manière, avant de s'engager, il avait mis de l'ordre dans ses petites affaires. Mais il ignorait vraiment qu'il allait acheter une vache jusqu'au moment où il avait compté son argent et mis la main sur le licou. Et ce n'est qu'une fois franchi le seuil du bureau de recrutement que, ses impressions diffuses se cristallisant, il prit conscience qu'il allait s'engager dans l'armée.

Pendant près de quinze jours le soldat Williams fit des incursions secrètes autour de la maison du capitaine. Il apprit à connaître les habitudes du ménage. D'habitude, la servante se couchait à dix heures. Quand elle restait chez elle, Mrs. Penderton montait vers onze heures et elle éteignait la lumière. En principe, le capitaine travaillait de dix heures et demie à deux heures du matin.

Le douzième soir, le soldat arpenta le bois plus lentement que d'habitude. De loin, il voyait la maison illuminée. La lune blanche étincelait, c'était une nuit froide et argentée. Le soldat était parfaitement visible quand il sortit du bois et traversa la pelouse. Il tenait un canif à la main, et il avait changé ses gros godillots pour des tennis. Des voix parvenaient du salon. Le soldat s'approcha de la fenêtre.

– Vas-y, Morris, disait Leonora Penderton. Cette fois-ci, donne-moi de bonnes cartes.

Le commandant Langdon et l'épouse du capitaine jouaient au vingt-et-un. Les enjeux n'étaient pas négligeables, et faciles à calculer. Si le commandant raflait tous les jetons sur la table, il avait l'usage de Firebird pour une semaine. Si c'était Leonora, elle gagnait une bouteille de son whisky préféré. Depuis une heure, le commandant ne cessait de ramasser les jetons. Les flammes du foyer rougissaient son beau visage, et le talon de sa botte scandait une marche militaire sur le sol.

Ses cheveux noirs grisonnaient aux tempes; sa moustache taillée ras était déjà poivre et sel. Ce soir-là, il était en uniforme. Il laissait fléchir ses robustes épaules et respirait la satisfaction, sauf lorsqu'il regardait sa femme; alors son regard devenait trouble et suppliant. Lui faisant face, Leonora avait une expression sérieuse et concentrée, car elle essayait d'additionner quatorze et sept en comptant sur ses doigts sous la table.

– Est-ce que je suis fichue?

– Non, ma chère, dit le commandant. Tout juste vingt et un. Gagné!

Le capitaine Penderton et Mrs. Langdon étaient assis devant la cheminée. Ils paraissaient mal à l'aise. Ils s'étaient sentis nerveux toute la soirée, s'efforçant d'entretenir leur conversation sur le jardinage. Cette nervosité était fort compréhensible. Ces temps-ci, le commandant n'était plus vraiment le joyeux compère que tous connaissaient. Même Leonora était vaguement sensible à cette ambiance de dépression. Quelques mois auparavant, tous quatre avaient vécu un épisode dramatique. Ils étaient réunis un soir comme celui-là, quand Mrs. Langdon, qui avait une forte fièvre, s'était subitement sauvée chez elle en courant. Plongé dans les plaisantes vapeurs du whisky, le commandant ne l'avait pas rejointe immédiatement. Un moment plus tard, Anacleto, le domestique philippin des Langdon, avait fait irruption dans le salon, le visage si hagard que tous l'avaient suivi sans explication. Ils avaient trouvé Mrs. Langdon évanouie : elle s'était coupé les deux bouts de seins avec des cisailles de jardin.

– Quelqu'un veut-il boire ? demanda le capitaine.

Tout le monde avait soif et le capitaine alla chercher une bouteille d'eau gazeuse à la cuisine. Il était profondément inquiet, car il savait que les choses ne pouvaient pas longtemps continuer ainsi. Et, bien qu'il ait été énormément éprouvé par la liaison de sa femme avec le commandant, il redoutait la perspective d'un changement. Son tourment avait ceci de particulier qu'il était aussi jaloux de sa femme que de celui qu'elle aimait. Depuis un an, il éprouvait pour le commandant un sentiment qui ressemblait à s'y méprendre à de l'amour. Son plus cher désir était de se faire apprécier de cet homme. Il portait son cocuage avec une élégante indifférence qui lui valait le respect de toute la garnison. En cet instant, tandis qu'il emplissait le verre du commandant, sa main tremblait.

– Tu travailles trop, Weldon, lui dit ce dernier. Et, permets-moi de te le dire, cela n'en vaut pas la peine. Ta santé passe avant tout. Où en serais-tu sans elle ? Leonora, tu veux tirer une autre carte ?

Le capitaine versa à boire à Mrs. Langdon en évitant son regard. Il la haïssait à tel point qu'il supportait à peine de poser les yeux sur elle. Assise devant le feu, silencieuse et raide, elle tricotait. Elle était mortellement pâle, avait les lèvres gonflées et gercées. Ses yeux noirs au regard doux étaient tout enfiévrés. Elle avait vingt-neuf ans, deux ans de moins que Leonora. On disait qu'elle avait eu une très belle voix, mais dans la garnison personne ne l'avait jamais entendue chanter. En regardant ses mains, le capitaine eut une vague nausée. Elles étaient minces, presque émaciées, avec de longs doigts fragiles, et des phalanges au poignet courait un délicat réseau de veines verdâtres. Sur le sweater de laine écarlate qu'elle tricotait, elles semblaient d'une pâleur maladive. Souvent, et de façon subtilement mesquine, le capitaine cherchait à lui faire du mal. Il détestait surtout la totale indifférence qu'elle lui manifestait. Il la méprisait aussi parce qu'elle lui avait naguère rendu un service dont elle avait gardé le secret, au sujet d'une affaire qui, si elle s'était répandue, eût été pour lui des plus embarrassantes.

– Un nouveau sweater pour votre mari?

– Non, répondit doucement Alison Langdon, je ne sais pas au juste ce que je veux en faire.

Elle avait une terrible envie de pleurer et pensait à sa petite Catherine, morte depuis trois ans. Elle savait qu'elle aurait mieux fait de rentrer et de demander à Anacleto, le domestique, de l'aider à se mettre au lit. Elle souffrait physiquement et nerveusement. Le seul fait d'ignorer à qui elle destinait son tricot l'exaspérait. Alison s'était mise au tricot à dater du moment où elle avait été au courant pour son mari. D'abord, elle lui avait fait plusieurs sweaters. Ensuite, elle avait tricoté un ensemble pour Leonora. Durant les premiers mois, Alison ne parvenait pas à croire qu'il pouvait la trahir à ce point. Puis, quand elle en était venue à s'éloigner de lui avec mépris, elle s'était tournée vers Leonora par désespoir. Avait alors débuté une de ces étranges amitiés entre la femme trahie et celle dont son mari s'est épris. Ce lien affectif morbide, issu de la révolte et de la jalousie, était, elle le savait bien, indigne d'elle. Il avait rapidement disparu de lui-même. Alison sentait à présent les larmes lui monter aux yeux, et elle prit un peu de whisky pour se donner du courage, bien qu'on lui eût interdit de boire de l'alcool à cause de son cœur. Personnellement, elle n'en appréciait pas la saveur. Elle préférait de loin une goutte de liqueur sucrée, un petit sherry, ou à la rigueur une tasse de café. Mais elle but ce whisky parce qu'il se trouvait là, que les autres en prenaient, et qu'il n'y avait rien d'autre à faire.

– Weldon ! s'écria tout à coup le commandant, ta femme est une tricheuse ! Elle a soulevé la carte pour voir si elle lui convenait.

– Ce n'est pas vrai ! Tu as seulement cru que j'allais le faire. Et toi, montre un peu ce que tu as là ?

– Tu m'étonnes, Morris, observa Penderton. Tu devrais savoir qu'aux cartes il ne faut jamais faire confiance à une femme.

Mrs. Langdon suivait cet échange amical en ayant cet air d'être sur la défensive que l'on voit chez ceux qu'une longue maladie a rendus dépendants de la sollicitude ou de la négligence d'autrui. Depuis le soir où elle s'était enfuie pour se mutiler, elle éprouvait en permanence une honte semblable à une nausée. Elle était persuadée que tous ceux qui la regardaient pensaient à son acte. Mais il se trouvait que le secret avait été gardé ; à part ceux présents dans cette pièce, seuls le docteur et l'infirmière étaient au courant, ainsi que le jeune domestique philippin, lequel était entré au service de Mrs. Langdon à l'âge de dix-sept ans et la vénérait. Alison s'arrêta de tricoter et toucha ses pommettes du bout des doigts. Elle savait qu'elle aurait dû se lever, partir et rompre définitivement avec son mari. Mais depuis quelque temps elle se sentait accablée par une terrible impuissance. Et où donc irait-elle ? Quand Alison tentait de penser à l'avenir, toutes sortes de fantasmes se présentaient à elle, et elle était en proie à d'incontrôlables pulsions. Alison en était au point d'avoir peur d'elle-même autant qu'elle avait peur des autres. Et, vouée à l'incapacité de rompre, elle se sentait menacée par un immense désastre.

– Qu'est-ce que tu as, Alison ? demanda Leonora. As-tu faim ? Il y a des tranches de poulet dans la glacière.

Depuis quelques mois, Leonora avait souvent une curieuse façon de parler à Mrs. Langdon. Elle articulait exagérément et s'exprimait avec l'affectation dérisoire que l'on prendrait pour s'adresser à un débile profond.

– Du blanc ou du foncé. Très, très bon. Miam-miam.

– Non, merci.

– Es-tu sûre que tu ne veux rien, chérie? demanda le commandant.

– Tout va très bien. Mais si cela ne te fait rien… cesse de marteler le plancher avec ton talon. Cela me dérange.

– Excuse-moi.

Le commandant dégagea les jambes et les croisa, en se tournant de côté sur sa chaise. Il essayait naïvement de se persuader que sa femme ignorait tout de sa liaison. Mais, à la longue, il lui était devenu de plus en plus difficile de se raccrocher à cette pensée rassurante; l'inquiétude de ne pas savoir exactement à quoi s'en tenir lui avait causé des hémorroïdes et des troubles digestifs. Il avait réussi à se convaincre que la détresse si manifeste de sa femme était un phénomène morbide et spécifiquement féminin, auquel il ne pouvait rien. Il se souvint d'un incident qui s'était produit peu de temps après leur mariage. Il avait emmené Alison à la chasse aux cailles et, bien qu'elle se fût entraînée dans un stand de tir, elle n'était jamais allée à la chasse. Ils avaient levé une couvée, et il se rappelait encore le dessin que formaient les oiseaux sur le ciel d'hiver au soleil couchant. Comme il surveillait Alison, il n'avait abattu qu'une seule caille, et il avait galamment prétendu que c'était elle qui l'avait touchée. Mais quand elle avait pris l'oiseau de la gueule du chien, son visage s'était métamorphosé. La caille vivait encore, et Langdon lui écrasa négligemment la tête avant de la remettre à Alison. Elle prit le petit corps tiède tout ébouriffé et abîmé par la chute, et contempla les petits yeux noirs vitreux de l'oiseau mort. Puis elle fondit en larmes. C'était le genre de réaction que le commandant appelait «féminine» et «morbide»; ce n'était pas la peine qu'un homme cherche à la comprendre. À présent, quand le commandant s'inquiétait à propos de sa femme, un réflexe d'autodéfense le faisait penser aussi à un certain lieutenant Weincheck, qui commandait une compagnie dans son bataillon, et qui était très ami avec Alison. Aussi, comme le visage de celle-ci lui donnait mauvaise conscience, il demanda pour se rassurer :

– Tu disais que tu avais passé l'après-midi avec Weincheck ?

– Oui, je suis allée le voir.

– Parfait. Et comment va-t-il ?

– Assez bien.

Sur-le-champ, elle résolut d'offrir le sweater au lieutenant Weincheck, se disant qu'il lui serait utile, pourvu qu'il ne soit pas trop large des épaules.

– Ce type ! fit Leonora, je ne comprends pas ce que tu lui trouves, Alison. Naturellement, je sais que vous vous entendez bien et que vous causez de trucs intellectuels. Il m'appelle Madame. Il ne peut pas me souffrir et c'est du « Oui, Madame », du « Non, Madame ». Tu parles !

Mrs. Langdon eut un petit sourire pincé, mais ne fit aucun commentaire.

Il convient ici de dire un mot à propos de ce lieutenant Weincheck, bien que, à l'exception de Mrs. Langdon, personne ne prêtât attention à lui. Dans l'armée, il faisait piètre figure : il avait près de cinquante ans et attendait toujours son troisième galon. Ses yeux lui causaient tellement d'ennuis qu'il ne tarderait pas à être mis à la retraite. Il logeait dans l'une des maisons aménagées en appartements, à l'usage des lieutenants célibataires qui, pour la plupart, sortaient tout juste de West Point. Dans ses deux petites chambres s'entassaient des objets accumulés pendant toute sa vie, y compris un piano à queue, une étagère pleine de disques, des centaines de livres, un gros chat angora et une douzaine de pots de fleurs. Il avait fait pousser une plante grimpante verte aux murs du salon, et l'on risquait fréquemment de buter contre une bouteille de bière vide ou une tasse à café qui traînaient sur le plancher. Enfin, ce vieux lieutenant jouait du violon. De son appartement parvenait souvent le son égaré d'une partition de trio ou de quatuor à cordes, et les jeunes officiers qui passaient dans le couloir se grattaient la tête en échangeant des clins d'œil complices. C'est là que Mrs. Langdon lui rendait volontiers visite en fin d'après-midi. Ils jouaient des sonates de Mozart ou, assis au coin du feu, ils prenaient un café accompagné de bonbons au gingembre. En plus de ses autres handicaps, le lieutenant était très pauvre, car il tenait à payer les frais de scolarité de ses deux neveux. Pour s'en tirer, il en était réduit à toutes sortes de petites économies, et son unique uniforme de grande tenue était en si piteux état qu'il ne se rendait aux réceptions qu'à condition d'y être strictement obligé. Quand Mrs. Langdon sut qu'il reprisait lui-même ses vêtements, elle prit l'habitude de venir avec son ouvrage, pour raccommoder les chemises et les sous-vêtements du lieutenant en même temps que ceux de son mari. Il leur arrivait de sortir ensemble dans la voiture du commandant, d'aller au concert dans une ville distante de cent cinquante miles. En ces occasions ils emmenaient Anacleto.

– Je mets tous mes jetons sur ce coup, et si je gagne, je ramasse tout, dit Mrs. Penderton. Il est temps de terminer la partie.

En distribuant les cartes, Mrs. Penderton s'arrangea pour prendre un as et un roi qu'elle avait fait tomber dans le creux de sa jupe, afin de gagner. Tout le monde l'avait vue, et le commandant éclata de rire. Tout le monde avait aussi vu ce dernier tapoter la cuisse de Leonora sous la table avant de reculer sa chaise. À ce moment, Mrs. Langdon se leva et remit son tricot dans son sac.

– Il faut que je rentre, dit-elle. Mais toi, Morris, reste donc et n'interromps pas la soirée. Bonne nuit, tout le monde.

Mrs. Langdon sortit lentement, d'un pas raide, et, quand elle fut sortie, Leonora déclara :

– Je me demande de quoi elle souffre maintenant.

– Impossible de le savoir, répondit piteusement le commandant. Mais je crois qu'il faut que je m'en aille aussi. Allons, une dernière donne.

Il déplorait de s'arracher à la gaieté ambiante et, après avoir pris congé des Penderton, il s'attarda un moment dans l'allée devant la maison. Il regardait les étoiles et se disait que la vie est parfois une triste affaire. Il se souvint brusquement de la mort du bébé. Une épreuve à en devenir fou ! Au cours de l'accouchement, Alison se cramponnait à Anacleto (car lui, le commandant, ne pouvait pas supporter cela) et pendant trente-trois heures d'affilée elle n'avait pas cessé de hurler. Quand l'accoucheur disait : « Vous n'essayez pas assez fort, poussez encore », eh bien ! le petit Philippin poussait, lui aussi, les genoux pliés et le visage ruisselant de sueur, faisant écho ponctuellement aux gémissements d'Alison. Puis, quand ce fut terminé, ils s'aperçurent que le bébé avait deux doigts palmés, et le commandant avait alors pensé que, s'il lui fallait le toucher, il en aurait des frissons dans tout le corps.

Cela avait traîné onze mois durant. Ils avaient été mutés dans le Middle West et, quand Langdon rentrait après avoir marché dans la neige, tout ce qu'il trouvait, c'était une assiette froide de salade au thon dans la glacière et la maison pleine de médecins et d'infirmières. À l'étage, Anacleto déployait un lange à la lumière pour juger la couleur des selles, ou bien il tenait le bébé pendant qu'Alison, mâchoires crispées, faisait les cent pas dans la chambre. Quand tout fut fini, le commandant n'éprouva rien d'autre qu'un grand soulagement. Mais pas Alison ! L'épreuve l'avait laissée si froide, si amère ! Et avec ça, si difficile à vivre ! Oui, la vie est parfois bien triste.

Le commandant ouvrit la porte d'entrée et vit Anacleto descendre l'escalier. La démarche du petit Philippin était calme et gracieuse. Il portait des sandales, un pantalon gris clair et une blouse de lin bleu-vert. Il avait un petit visage plat au teint laiteux et des yeux noirs étincelants. Il semblait ne pas avoir vu le commandant mais, arrivé au bas de l'escalier, il éleva lentement la jambe droite, les orteils repliés comme un danseur de ballet, et il esquissa une petite cabriole.

– Idiot ! s'écria le commandant. Comment va-t-elle ?

Anacleto haussa les sourcils et ferma très lentement ses délicates paupières blanches.

– *Très fatiguée.*

– Ah ! fit le commandant d'un ton furieux, car il ne comprenait pas un traître mot de français, vooley voo rooney mooney moo ! Allons ! Comment va-t-elle ?

– *C'est les…*

Mais Anacleto n'étudiait le français que depuis peu et il ignorait le mot pour « sinus ». Il n'en compléta pas moins sa réponse avec une dignité impressionnante :

– *Maître Corbeau sur un arbre perché*, commandant.

Il se tut, claqua des doigts, puis il ajouta d'un air pensif, comme s'il se parlait à lui-même :

– Un bouillon chaud, présenté de façon très attractive.

– Tu peux aller me préparer un remontant.

– Oui, soudain, dit Anacleto. Il savait très bien que l'on ne pouvait pas dire « soudain » pour « tout de suite », car il s'exprimait dans un anglais choisi et méticuleux, en calquant son intonation sur celle de Mrs. Langdon. Il avait fait cette faute exprès, pour exaspérer le commandant.

– Je n'y manquerai pas, dès que j'aurai préparé le plateau de Madame Alison et que j'aurai fini de m'occuper d'elle.

La montre du commandant lui indiqua que les préparatifs de ce plateau avaient exigé trente-huit minutes. Le petit Philippin se déplaçait allègrement dans la cuisine et il alla prendre un vase de fleurs dans la salle à manger. Le commandant le regardait, ses poings velus sur les hanches. Pendant tout ce temps,

Anacleto entretenait à mi-voix avec lui-même un bavardage animé. Le commandant saisit quelque chose à propos de Mr. Rudolph Serkin et d'un chat qui rôdait dans une confiserie avec des brisures de cacahuètes collées dans son pelage. En attendant, le commandant prépara son remontant et se fit frire deux œufs. Quand le plateau de trente-huit minutes fut prêt, Anacleto resta debout, les pieds croisés, les mains sur la nuque, tout en se balançant doucement.

– Nom de Dieu ! Quel sacré numéro, dit le commandant. Tu verrais un peu, si je pouvais te fourrer dans mon bataillon !

Le petit Philippin haussa les épaules. Tous savaient que, selon lui, le Seigneur avait complètement raté l'humanité, à l'exception de représentants tels que lui, Madame Alison, ou les enfants de la balle, les nains, les grands artistes et autres personnages fabuleux. Il considérait le plateau d'un air satisfait. Il l'avait garni d'un napperon de linon jaune sur lequel étaient posés une cruche brune remplie d'eau bouillante, la tasse à bouillon et deux cubes pour potage. Dans le coin droit, il y avait un bouquet d'asters d'automne dans un petit bol à riz en porcelaine bleue. D'un geste calculé, Anacleto arracha trois pétales bleus et les disposa sur le napperon jaune. En réalité, il était ce soir-là moins guilleret qu'il ne le paraissait. Il avait des regards inquiets et jetait parfois au commandant un coup d'œil bref, subtil et accusateur.

– Je vais monter le plateau, dit ce dernier, car, bien qu'il n'y eût rien à manger, c'était le genre d'attention qui plairait à sa femme, et peut-être est-ce à lui qu'elle en saurait gré.

Alison était assise dans son lit avec un livre. Ses lunettes de lecture, son nez et ses yeux semblaient lui manger toute la figure, et des ombres bleues maladives lui cernaient la commissure des lèvres. Elle portait une chemise de nuit de linon blanc et une liseuse de velours rose foncé. La pièce était fort silencieuse et un feu brûlait dans l'âtre. Très sobrement meublée, avec sa moquette grise et ses rideaux cerise, elle avait un aspect très simple et dépouillé. Pendant qu'Alison buvait son bouillon, le commandant, assis à son chevet, l'esprit vide, cherchait un sujet de conversation. Anacleto retapait discrètement le lit. Il sifflotait un air entraînant, triste et clair.

– Dites, Madame Alison ! fit-il soudain. Êtes-vous en état de discuter avec moi d'une certaine question ?

Elle posa sa tasse et ôta ses lunettes.

– De quoi s'agit-il ?

– Voici !

Anacleto approcha un tabouret du lit, et d'un geste empressé, il retira de sa poche quelques bouts de tissu.

– J'ai commandé ces échantillons pour que nous les examinions. Rappelez-vous quand, à New York, il y a deux ans, nous sommes passés devant la vitrine de Peck and Peck, et que je vous ai montré un petit ensemble.

Il choisit l'un des échantillons et le tendit à Alison.

– C'est exactement l'étoffe en question.

– Mais je n'ai pas besoin d'un ensemble, Anacleto.

– Oh, si ! Il y a plus d'un an que vous ne vous êtes pas acheté de vêtement. Et la robe verte est *bien usée* aux coudes, bonne pour l'Armée du Salut.

Au moment où il avait prononcé son expression en français, Anacleto avait lancé au commandant un regard incroyablement malicieux. Celui-ci se sentait toujours hors de son élément quand il écoutait ces deux-là converser dans l'intimité de cette pièce. Leurs voix et leurs intonations se ressemblaient à tel point qu'on eût dit qu'elles se faisaient discrètement écho. La seule différence était qu'Anacleto parlait à une cadence rapide et haletante, alors qu'Alison s'exprimait d'une manière posée et mesurée.

– Combien coûte-t-il ? demanda-t-elle.

– Cher. Mais on ne peut pas trouver moins cher dans cette qualité. Et songez aux années qu'il vous fera.

Alison reprit son livre.

– Nous verrons, dit-elle.

– Bon sang, s'écria le commandant, vas-y, achète-le.

Il était agacé d'entendre Alison discutailler.

– Et en même temps, nous pourrions commander un mètre de plus pour me faire une veste, dit Anacleto.

– C'est entendu. Si je me décide, répondit Alison.

Anacleto lui versa son médicament et lui adressa une grimace de sympathie pendant qu'elle le buvait. Puis il lui installa un coussin chauffant dans le dos et lui brossa les cheveux. Mais, juste avant de partir, il s'arrêta devant le grand miroir à la porte du cabinet de toilette. Il se regarda, tendit la pointe du pied et inclina la tête de côté.

Puis il se retourna vers Alison et recommença à siffloter.

– C'est quoi, cet air ? Vous l'avez joué jeudi après-midi avec le lieutenant Weincheck.

– C'est la première mesure de la sonate en *la* majeur de Franck.

– Regardez! dit Anacleto tout excité, cela vient de me donner l'idée d'un ballet. Rideaux de velours noir et lumière de crépuscule d'hiver. Ensemble très lent. Un projecteur sur la danseuse étoile, comme une flamme ; très flamboyant, puis la valse que jouait Mr. Serge Rachmaninov. Retour à Franck au final, mais… – il regarda Alison avec une étrange flamme dans les yeux – cette fois-ci, dans l'ivresse!

Sur quoi, il se mit à danser. On l'avait emmené aux Ballets russes l'année précédente et il en était resté profondément impressionné. Pas un détail, pas un mouvement ne lui avaient échappé. Sur la moquette grise il exécuta une pantomime alanguie, de plus en plus lentement, puis il se figea, les pieds croisés et les mains jointes, dans une pose méditative. Sans prévenir, il esquissa un petit pas de côté et se mit à tourbillonner à un rythme échevelé. On voyait sur son visage illuminé qu'il se croyait sur une scène immense où il était l'étoile d'un spectacle éblouissant. Alison s'amusait visiblement. Le commandant les regardait chacun leur tour avec une expression incrédule et méprisante. Le ballet s'acheva sur un pastiche délirant de ce qui avait précédé. Anacleto conclut sur une petite pose bizarre, le coude dans la main et le poing au menton, avec un air étonné et sceptique.

Alison éclata de rire.

– Bravo, Anacleto, bravo !

Ils riaient tous les deux et le petit Philippin s'appuya contre la porte, heureux et un peu étourdi. Une fois qu'il eut repris son souffle il s'écria comme s'il venait de faire une découverte :

– Avez-vous remarqué comme « Bravo » rime bien avec « Anacleto » ?

Alison reprit son sérieux et hocha la tête d'un air songeur.

– Oui, Anacleto, je l'ai très souvent remarqué.

Sur le seuil, le petit Philippin marqua un temps d'hésitation. Il vérifia autour de lui que rien ne manquait avant de poser sur Alison un regard soudain subtil et triste.

– Appelez, si vous avez besoin de moi, dit-il brièvement.

On l'entendit commencer à descendre l'escalier lentement, puis plus rapidement. Aux dernières marches il dut essayer d'exécuter quelque chose de trop ambitieux, car on entendit tout à coup un bruit sourd. Le capitaine alla sur le palier et vit du haut de l'escalier Anacleto qui se relevait avec courage et dignité.

– Il s'est fait mal ? demanda Alison d'une voix étranglée.

Anacleto leva vers le commandant des yeux pleins de larmes de rage, et cria :

– Tout va bien, Madame Alison.

Le commandant se pencha et murmura doucement, en articulant, pour qu'Anacleto puisse lire ses paroles sur ses lèvres :

– J'aurais voulu – que – tu – te – casses – le – cou.

Anacleto sourit, haussa les épaules et gagna la salle à manger en clopinant. Quand Langdon revint auprès de sa femme, elle était en train de lire. Elle ne le regarda même pas ; il traversa le vestibule et regagna sa chambre en faisant claquer la porte. La pièce était petite, plutôt en désordre, et n'avait pour tout ornement que les coupes remportées à des concours hippiques. Sur la table de chevet se trouvait un livre ouvert, littéraire et d'accès difficile. Une allumette marquait la page. Le commandant feuilleta une bonne quarantaine de pages, ce qui représentait une copieuse lecture pour la soirée, puis il glissa l'allumette à l'endroit où il s'était arrêté. Sous une pile de chemises, dans un tiroir de sa commode, il tira un magazine à sensation intitulé *Science fiction* et, après s'être installé confortablement dans son lit, il entama le récit d'une furieuse guerre interplanétaire.

De l'autre côté du vestibule, sa femme s'était étendue après avoir posé son livre. Son visage était contracté de douleur et ses brillants yeux noirs ne cessaient d'errer autour de la chambre. Elle s'efforçait d'établir des projets. Elle allait divorcer, cela était certain. Mais comment s'y prendre ? Et surtout, de quoi vivraient-ils, elle et Anacleto ? Elle avait toujours méprisé les femmes sans enfants qui acceptaient une pension alimentaire, et son ultime reste de dignité consistait pour elle à se dire qu'elle refuserait quoi qu'il en coûte de dépendre de son mari financièrement après l'avoir quitté. Mais que feraient-ils, elle et Anacleto ? L'année d'avant son mariage, elle avait enseigné le latin dans une école de filles mais, vu son état de santé, il n'en était pas question à présent. Ouvrir une librairie ? Il faudrait que ce soit une affaire dont Anacleto puisse s'occuper quand elle serait malade. Une barque pour pêcher des crevettes ? Il lui était arrivé de bavarder avec des pêcheurs, sur la côte. C'était à la plage, par une journée bleu et or, et ils lui avaient raconté des tas de choses. Elle et Anacleto resteraient toute la journée en mer, après avoir tendu leurs filets, et il n'y aurait que l'air salin, l'océan et le soleil… Alison tournait et retournait la tête sur l'oreiller. Vaines pensées que tout cela!

Quel choc elle avait subi huit mois plus tôt en apprenant que son mari la trompait! Le lieutenant Weincheck, Anacleto et elle étaient partis pour la ville, avec l'intention d'y passer deux jours et deux nuits afin d'assister à un concert et à une représentation théâtrale. Mais, le second jour, Alison avait eu de la fièvre et ils avaient décidé de rentrer. En fin d'après-midi, Anacleto l'avait déposée devant la maison avant de remiser la voiture au garage. Elle s'était arrêtée dans l'allée pour examiner des bulbes de fleurs. Il faisait presque nuit et la chambre de son mari était éclairée. La porte d'entrée était fermée à clé, et depuis le seuil elle avait aperçu le manteau de Leonora sur le coffre du hall. Elle avait trouvé curieux que la porte d'entrée fût fermée à clé si les Penderton étaient là. Peut-être étaient-ils en train de préparer des boissons à la cuisine pendant que Morris prenait son bain. Elle avait fait le tour de la maison pour entrer par la porte de service. Elle n'en eut pas le temps. Anacleto s'était précipité au bas de l'escalier, avec une petite mine épouvantée. Il avait bredouillé qu'il leur fallait retourner en ville, car ils avaient oublié quelque chose. Quand, plutôt abasourdie, elle s'était dirigée vers l'escalier, il l'avait prise par le bras et lui avait dit d'une voix effrayée, sans timbre : « N'entrez pas maintenant, Madame Alison. »

Quel choc cela avait été ! Ils avaient repris la voiture et ils étaient repartis. Être ainsi insultée dans sa propre maison était une chose qu'elle ne parvenait pas à accepter. Et, pour couronner le tout, devant le poste de garde, une nouvelle sentinelle qui ne les connaissait pas les avait obligés à s'arrêter. Le soldat avait passé la tête dans le petit coupé, comme si on y avait caché une mitrailleuse, et il était resté là, à regarder Anacleto qui portait une veste fantaisie orange foncé et était prêt à fondre en larmes. Il lui avait demandé son nom sur le ton de quelqu'un à qui on ne la fait pas.

Jamais elle n'oublierait le visage de ce soldat. Sur le moment, elle fut incapable de prononcer le nom de son mari. Le jeune soldat attendait, la fixant droit dans les yeux sans mot dire. Plus tard, elle avait revu ce soldat à l'écurie, en allant chercher Morris en voiture. Son visage avait l'étrange expression absente d'un primitif de Gauguin. Ils s'étaient dévisagés pendant une bonne minute, jusqu'à l'arrivée d'un officier.

Anacleto et elle avaient roulé trois heures dans le froid, sans se parler. Les projets qu'elle avait échafaudés au cours de la nuit, alors qu'elle était malade et agitée, lui semblèrent stupides dès que le soleil se leva. Le soir, elle s'était enfuie de chez les Penderton et elle avait commis cet acte effrayant. Elle avait vu les cisailles de jardin accrochées au mur et, folle de rage et de désespoir, elle avait tenté de se poignarder pour mettre fin à ses jours. Mais les cisailles étaient trop émoussées. Elle avait dû perdre complètement la tête pendant quelques instants, car elle était incapable de se rappeler avec précision ce qui s'était passé. Alison frémit et s'enfouit la tête dans les mains. Elle entendit son mari sortir de sa chambre pour déposer ses bottes dans le vestibule. Elle éteignit vite la lumière.

Le commandant avait fini de lire son magazine et l'avait de nouveau caché dans le tiroir. Il prit un dernier verre puis s'allongea confortablement, les yeux ouverts dans l'obscurité. Que lui rappelait sa première rencontre avec Leonora ? C'était l'année qui avait suivi la mort du bébé ; pendant au moins douze mois, Alison avait été soit à l'hôpital, soit à roder dans la maison comme un fantôme. Il avait rencontré Leonora à l'écurie au cours de la semaine de son arrivée en garnison, et elle s'était proposée pour lui montrer les environs. Ils avaient quitté l'allée cavalière et s'étaient offert un bon galop. Puis, après qu'ils se furent arrêtés pour se reposer et attacher les chevaux, Leonora, avisant des buissons de mûres, avait voulu cueillir de quoi faire une tourte pour le dîner. Et voilà que – nom d'un chien! – ils s'affairaient à remplir de mûres le képi du commandant quand cela était arrivé: à neuf heures du matin, et deux heures après avoir fait connaissance! Même maintenant il n'arrivait pas à y croire. Qu'avait-il ressenti sur le moment? Oui, c'était comme au cours d'une manœuvre où l'on a passé une nuit froide et pluvieuse à grelotter sous une tente qui prend l'eau; et se lever à l'aube pour voir qu'il ne pleut plus et qu'il fait de nouveau soleil. Et contempler ces beaux soldats faire chauffer le café sur leurs feux de camp, et admirer le jaillissement des étincelles sur la blancheur du ciel. Une merveilleuse sensation, sans pareille au monde!

Le commandant eut un petit rire coupable, fourra la tête sous le drap et se mit tout de suite à ronfler.

À minuit et demi, tout seul dans son bureau, le capitaine Penderton s'escrimait sur une monographie qui n'avait pas beaucoup avancé ce soir-là. Il avait bu pas mal de vin et de thé, et fumé des douzaines de cigarettes. Il venait d'abandonner sa rédaction et il arpentait fébrilement la pièce. Il y a des instants où un homme n'a pas de plus grand besoin que d'aimer une personne et de canaliser sur elle ses émotions diffuses. Il y a aussi des instants où les agacements, les déceptions, les craintes devant l'existence, aussi agités que des spermatozoïdes, doivent trouver leur issue dans la haine. Le pauvre capitaine n'avait personne à haïr, et depuis des mois il était malheureux.

Alison Langdon, ce Job en jupon au grand nez, elle et son répugnant Philippin, ces deux-là il les avait en horreur. Mais il ne pouvait pas haïr Alison, elle ne lui en offrait pas le prétexte. Il enrageait d'être son obligé. Elle seule était au courant du triste penchant dont il était affligé : le capitaine Penderton était kleptomane. Il passait sa vie à lutter contre son impulsion à prendre des objets qu'il voyait chez les autres. Mais il n'avait été incapable de résister qu'à deux reprises. À l'âge de sept ans, il s'était épris du costaud de la classe qui l'avait une fois rossé, et il avait volé sur la coiffeuse de sa tante une coupe ancienne pour la donner à ce garçon en témoignage d'affection. Vingt-sept ans plus tard, dans cette garnison, le capitaine avait de nouveau succombé à la tentation.

À un dîner offert par un couple de jeunes mariés, une pièce d'argenterie lui avait tellement plu qu'il l'avait glissée dans sa poche. C'était une ravissante petite cuiller, d'une forme originale, très ancienne et joliment ciselée. Le capitaine en avait éprouvé un cruel ravissement (sa propre argenterie était des plus banales) et il n'avait pas pu résister. Quand, après s'être livré à d'adroites manœuvres, il eut enfin son butin en poche, il réalisa qu'Alison, assise à ses côtés, s'était aperçue du larcin. Elle l'avait regardé droit dans les yeux, d'un air sidéré. Même maintenant il ne pouvait y penser sans frissonner. Après l'avoir longuement dévisagé, d'une manière insupportable, Alison avait – oui -, avait éclaté de rire. D'un tel rire qu'elle avait failli s'étouffer et qu'on avait dû lui donner des tapes dans le dos. Elle avait finit par se lever de table en s'excusant. Et, tout au long de cette atroce soirée, il n'avait pu la regarder sans qu'elle lui adressât un sourire moqueur. Depuis lors, elle le surveillait étroitement quand il venait dîner chez elle. La cuiller était à présent bien en sûreté dans son placard, soigneusement enveloppée d'un mouchoir de soie, cachée dans une boîte qui avait contenu des bandages.

Mais, malgré cette affaire, il ne pouvait haïr Alison, pas plus qu'il ne pouvait haïr sa femme. Leonora le rendait parfois fou de jalousie mais, même au plus fort de ses crises, la haine qu'il éprouvait envers elle n'était pas plus violente que celle qu'il eût éprouvée pour un chat, un cheval ou un jeune tigre. Il tournait en rond dans son bureau et se borna à donner un petit coup de pied d'énervement contre la porte fermée. Si cette Alison se décidait finalement à divorcer, qu'adviendrait-il ? Il ne pouvait se résoudre à envisager une telle éventualité, tant il redoutait la perspective de rester seul.

Il eut l'impression d'avoir entendu un bruit, et il s'immobilisa. La maison était silencieuse. Nous avons déjà dit que le capitaine était un poltron. Tout seul, il lui arrivait parfois sans raison d'être saisi d'un accès de panique. Et, seul dans cette pièce silencieuse, il lui semblait en cet instant que sa nervosité et sa détresse procédaient non de forces émanant de lui-même ou des autres, et sur lesquelles le capitaine pouvait agir jusqu'à un certain point, mais d'une menace extérieure, dont il n'avait qu'un vague pressentiment. Il jeta un regard craintif autour de lui, rangea son bureau et ouvrit la porte.

Leonora s'était endormie devant le feu, sur la carpette du salon. Le capitaine la regarda et rit tout bas. Elle était étendue sur le côté, et il lui donna un petit coup de pied sec dans les fesses. Elle marmonna quelque chose à propos d'une dinde farcie, sans s'éveiller. Le capitaine se baissa, la secoua, lui parla tout près du visage et finit par la remettre debout. Mais comme une enfant qu'il faut réveiller dans son premier sommeil pour aller aux toilettes, Leonora avait la faculté de rester endormie, même debout. Pendant que le capitaine s'évertuait à lui faire monter l'escalier, elle fermait les yeux et continuait de marmonner à propos de la dinde.

– Va te faire fiche si je te déshabille ! dit le capitaine.

Leonora resta pourtant assise sur le lit comme il l'avait laissée et, après l'avoir observée pendant plusieurs minutes, il rit de nouveau et la déshabilla. Il ne lui mit pas de chemise de nuit, car les tiroirs de la commode étaient dans une telle pagaille qu'il ne put en trouver une. D'ailleurs, Leonora aimait dormir « à poil », comme elle disait.

Quand elle fut couchée, le capitaine alla regarder une photo accrochée au mur, et qui ne cessait de l'amuser depuis des années. C'était la photo d'une jeune fille d'environ dix-sept ans, au bas de laquelle on pouvait lire cette inscription touchante: «À Leonora, avec un tas de baisers de Bootsie.» Il y avait plus de dix ans que ce chef-d'œuvre servait à décorer les chambres à coucher de Leonora, et il avait fait la moitié du tour du monde. Quand son mari lui avait demandé ce qu'était devenue Bootsie, son ancienne compagne de chambre en pension, Leonora avait répondu vaguement qu'elle croyait avoir entendu dire que Bootsie s'était noyée quelques années auparavant. Ayant un peu insisté, il constata que Leonora ne se rappelait même pas le vrai nom de Bootsie. Mais, par simple habitude, elle accrochait la photo au mur depuis onze ans. Le capitaine regarda sa femme endormie. Elle avait toujours chaud et elle avait déjà repoussé la couverture au-dessous de ses seins nus. Elle souriait dans son sommeil et le capitaine se dit qu'elle devait maintenant manger cette dinde préparée en rêve.

Le capitaine prenait des somnifères, et ce depuis si longtemps qu'un seul cachet était inefficace. Il considérait que son dur travail à l'École d'infanterie ne lui permettait pas d'avoir des insomnies et, le matin venu, de se lever fatigué. Sans une dose suffisante, il n'avait qu'un sommeil léger et agité de rêves. Il décida ce soir-là de prendre une triple dose, sachant qu'il sombrerait aussitôt dans un sommeil massif pendant six ou sept heures. Il avala ses cachets et s'abandonna dans l'obscurité à une attente agréable. Cette quantité de drogue lui procurait une volupté incomparable : c'était comme si un immense oiseau noir s'abattait sur sa poitrine, plongeait ses farouches yeux dorés et l'enlaçait furtivement de ses ailes ténébreuses.

Le soldat Williams resta à l'extérieur de la maison presque deux heures après l'extinction des lumières. Les étoiles brillaient moins fort et le noir de la nuit avait viré au violet foncé. Mais Orion brillait et la Grande Ourse rayonnait d'un merveilleux éclat. Le soldat fit le tour de la maison et tenta de forcer le rideau métallique de la porte de service. Comme il s'en doutait, le rideau se trouvait fixé de l'intérieur, mais il y avait un faible entrebâillement à travers lequel, y ayant glissé la lame de son couteau, le soldat réussit à soulever le loquet. La porte elle-même n'était pas fermée à clé.

Une fois entré, le soldat attendit un moment. Tout était sombre et silencieux. Il regarda autour de lui de ses grands yeux vagues, jusqu'à ce qu'il fût accoutumé à l'obscurité. Le plan de la maison lui était déjà familier. Le profond hall d'entrée et l'escalier divisaient la maison en deux parties, d'un côté le vaste salon et, plus loin, la chambre de la domestique. De l'autre, la salle à manger, le bureau du capitaine et la cuisine. À l'étage, sur la droite, une grande chambre à coucher et un cagibi. À gauche, deux chambres de dimensions moyennes. Le capitaine dormait dans la grande chambre et sa femme de l'autre côté du vestibule. Le soldat gravit silencieusement l'escalier, qui était recouvert d'un tapis. Il avançait prudemment, avec calme. La porte de la Dame était ouverte et en l'atteignant le soldat n'hésita pas. Il s'y glissa, souple, silencieux, félin.

Un clair de lune vert et ombreux emplissait la chambre. La femme du capitaine dormait dans la position où son mari l'avait laissée. Sa chevelure souple était éparse sur l'oreiller et sa poitrine à demi nue se soulevait au rythme de sa respiration. Un couvre-lit de soie jaune était étendu sur la couverture et un flacon de parfum débouché emplissait l'air de son arôme capiteux. Sur la pointe des pieds, le soldat avança doucement jusqu'au chevet du lit et se pencha au-dessus de la femme. La lune éclairait légèrement leurs visages, et Williams était si près qu'il pouvait sentir le souffle tiède et régulier. Il y eut d'abord dans le regard grave du soldat une expression d'intense curiosité, mais, peu à peu, la félicité se peignit sur ses traits lourds. Le jeune soldat se sentit envahi par une étrange et vive douceur que, de sa vie, il n'avait jamais éprouvée.

Il resta ainsi un long moment, penché sur la femme du capitaine. Puis il posa la main sur le rebord de la fenêtre pour se maintenir en équilibre, et s'accroupit près du lit. Fermement appuyé sur la plante des pieds, le dos bien droit, il gardait ses mains fortes et délicates posées sur ses genoux. Ses yeux avaient la rondeur de boutons d'ambre et ses épaisses mèches de cheveux lui balayaient le front.

Auparavant, en de rares occasions, Williams avait eu cette expression de bonheur soudain, mais personne dans la garnison n'en avait jamais été témoin. S'il avait été surpris en un pareil moment, il eût été traduit en conseil de guerre. À dire vrai, au cours de ses longues randonnées dans la forêt, il lui arrivait de ne pas être seul. Lorsqu'il avait le droit de s'absenter l'après-midi, il emmenait un certain cheval. Il le montait jusqu'à un endroit isolé, à environ cinq miles, loin des sentiers et peu accessible. Là, au milieu du bois, s'ouvrait une clairière bien plate tapissée d'un herbage aux teintes bronze rougeâtre. En ce lieu solitaire le soldat dessellait le cheval et se mettait à l'aise. Il se déshabillait et s'étendait sur une dalle bien plate au milieu de la clairière. Car, s'il était une chose au monde dont le soldat ne pouvait se passer, c'était le soleil. Même par le froid le plus rigoureux, il restait là, nu, immobile, laissant sa chair s'imprégner de soleil. Il lui arrivait de se mettre debout sur le rocher et, tout nu, de monter le cheval à cru. C'était un canasson auquel personne d'autre n'avait su faire prendre que deux allures : un trot maladroit et un galop de cheval à bascule. Mais, avec Williams, la bête se métamorphosait ; il prenait le petit trot ou un pas délié, avec une élégance roide et fière. Le corps du soldat avait une matité dorée, et il se tenait très droit. Sans ses vêtements, sa sveltesse faisait ressortir les courbes pures de son torse. Tandis qu'il trottait dans le soleil, ses lèvres se plissaient en un sourire sauvage et sensuel, qui eût bien déconcerté ses camarades de caserne. Après de telles équipées il revenait épuisé à l'écurie et ne parlait à personne.

Le soldat Williams demeura accroupi au chevet de la Dame presque jusqu'à l'aube. Absolument immobile et silencieux, il ne quittait pas des yeux le corps de la femme. Quand l'aube pointa, il se redressa en prenant appui sur le rebord de la fenêtre. Il redescendit et referma soigneusement la porte de service derrière lui. Le ciel était déjà bleu pâle et Vénus s'estompait.

3

Alison Langdon avait passé une nuit épouvantable. Elle ne s'endormit qu'au lever du soleil et alors que le clairon sonnait le réveil. Au cours de ces longues heures, maintes pensées sinistres l'avaient agitée. À l'aube, elle avait un instant cru apercevoir – elle en était presque sûre – quelqu'un sortir de chez les Penderton et entrer dans le bois. À peine s'était-elle enfin endormie qu'un énorme vacarme la réveilla. En toute hâte elle enfila son peignoir de bain et descendit, pour assister à un spectacle choquant et grotesque. Une botte à la main, son mari pourchassait Anacleto autour de la table de la salle à manger. Il était en chaussettes, mais en grand uniforme, en raison de l'inspection réglementaire du samedi matin. En courant, il faisait claquer son sabre contre sa cuisse. À la vue d'Alison, tous deux s'arrêtèrent. Anacleto se réfugia précipitamment derrière son dos.

– Il l'a fait exprès! s'écria rageusement le commandant. Je suis déjà en retard. Six cents hommes m'attendent. Et regarde un peu ce qu'il m'apporte!

Les bottes étaient vraiment dans un triste état. On aurait dit qu'on les avait enduites de farine mouillée. Alison réprimanda Anacleto et resta penchée au-dessus de lui pendant qu'il nettoyait les bottes. Il pleurait lamentablement, mais elle eut la force de ne pas le consoler. Quand il eut fini, Anacleto murmura qu'il s'en irait pour ouvrir une boutique de linge à Québec. Alison apporta les bottes cirées à son mari et les lui remit sans un mot, mais avec un regard qui en disait long. Comme son cœur la faisait souffrir, elle se remit au lit avec un livre.

Anacleto lui monta son café, puis se rendit en voiture au marché de la garnison faire des provisions pour le dimanche. Plus tard dans la matinée, comme Alison avait terminé son livre et contemplait par la fenêtre cette journée d'automne ensoleillée, il vint la rejoindre. Il était radieux et avait complètement oublié la réprimande au sujet des bottes. Il fit partir un beau feu de bûches et ouvrit discrètement le premier tiroir de la commode, histoire d'y farfouiller un peu. Il prit un petit briquet de cristal qu'Alison avait fait exécuter à partir d'un ancien flacon de vinaigre. Anacleto s'était tellement entiché de cet objet qu'Alison lui en avait fait cadeau plusieurs années auparavant. Mais il le conservait dans ce tiroir, ce qui lui donnait une bonne excuse pour y fourrer son nez quand l'envie lui venait. Il demanda à Alison la permission d'emprunter ses lunettes, et il s'attarda longuement à examiner l'écharpe de linon posé sur la commode. Après quoi, Anacleto saisit entre le pouce et l'index un objet invisible, qu'il alla porter avec beaucoup de précautions jusqu'à la corbeille à papier. Il se parlait à lui-même, mais Alison ne prêtait pas attention à ce qu'il marmonnait.

Que deviendrait Anacleto quand elle mourrait ? Cette question obsédait Alison. Certes, Morris avait promis de ne jamais l'abandonner – mais que vaudrait cette promesse le jour où, comme il ne manquerait pas de le faire, il se remarierait ? Elle se souvint de l'époque où, aux Philippines, Anacleto était entré à son service. Quel triste et bizarre petit bonhomme c'était ! Les autres boys de la maison le brimaient tant qu'il la suivait toute la journée comme un toutou. Un regard suffisait pour qu'il se mette à pleurer et à se tordre les mains. Il avait dix-sept ans, mais sa figure maladive, intelligente et craintive lui donnait l'air innocent d'un garçon de dix ans. À la veille de leur retour aux États-Unis, il avait supplié sa maîtresse de l'emmener, et elle avait accepté. À eux deux, Anacleto et elle pourraient peut-être trouver un moyen de s'en sortir, mais lui, que ferait-il quand elle ne serait plus là ?

– Anacleto, lui demanda-t-elle brusquement, est-ce que tu es heureux ?

Le petit Philippin n'était pas de ceux que dérange une question personnelle et inattendue.

– Naturellement, répondit-il sans hésiter, pourvu que vous alliez bien.

Le soleil et la flamme du foyer illuminaient la chambre, dessinant sur l'un des murs une mouvante ombre chinoise qu'Alison suivait des yeux en écoutant distraitement le bavardage léger d'Anacleto.

– Ce que j'éprouve tant de difficultés à comprendre, disait-il, c'est qu'ils soient au courant.

Il lui arrivait souvent de commencer une conversation par ce genre de réflexion vague et obscure.

– Il m'a fallu être longtemps à votre service avant de me convaincre que vous saviez.

Maintenant je puis le croire de tout le monde, excepté de Mr Serge Rachmaninov.

Alison se tourna vers lui.

– De quoi me parles-tu ?

– Madame Alison, croyez-vous vraiment que Mr. Serge Rachmaninov sait qu'une chaise est un objet fait pour s'asseoir, et qu'une pendule marque l'heure ? Et si j'ôtais mon soulier, le lui mettais sous le nez et lui demandais : « Monsieur Serge Rachmaninov, qu'est-ce que c'est ? », croyez-vous qu'il répondrait comme tout le monde : « Mais, voyons, Anacleto, c'est un soulier » ? Cela m'étonnerait beaucoup.

Le récital Rachmaninov était le dernier concert qu'ils avaient écouté, aussi était-ce celui qu'Anacleto trouvait le meilleur. Pour sa part, Alison n'aimait pas les salles de concert bondées et elle eût préféré dépenser son argent à acheter des disques – mais, à l'occasion, il était bon de s'éloigner de la garnison, et ces sorties étaient la joie d'Anacleto. D'abord, on passait la nuit à l'hôtel, et il en était ravi.

– Est-ce que vous seriez plus à l'aise si je tapotais un peu vos oreillers ? lui demandait Anacleto.

Et puis ce dîner, le soir du dernier concert ! Anacleto l'avait suivie dans la salle à manger de l'hôtel, se pavanant dans sa veste de velours orange. Au moment de passer sa commande, levant le menu devant son visage, il avait fermé complètement les yeux et, à la stupéfaction du serveur noir, passé sa commande en français. Bien qu'elle fût sur le point d'éclater de rire, Alison s'était retenu et avait traduit avec toute la gravité dont elle était capable, comme si elle lui servait de duègne ou de dame de compagnie. Étant donné les limites de son français, Anacleto eut un dîner plutôt singulier. Il en avait été inspiré par le chapitre de son manuel, intitulé *Le Jardin potager*, et son choix avait consisté en choux, en haricots verts et en carottes. Alison ayant pris l'initiative d'y ajouter une portion de poulet, Anacleto avait soulevé les paupières, le temps de lui décocher un bref regard de profonde gratitude. Les garçons en veste blanche s'étaient pressés comme des mouches autour de ce phénomène, et Anacleto en avait été si flatté qu'il ne put avaler une bouchée.

– Et, dit Alison, si nous écoutions un peu de musique ? Le quatuor en *sol* mineur de Brahms, par exemple.

– *Fameux*, dit Anacleto.

Il plaça le premier disque et s'installa sur le tabouret au coin du feu pour écouter. Mais le premier mouvement, cet admirable dialogue entre le piano et les cordes, n'était pas achevé que l'on frappa à la porte. Anacleto parla avec quelqu'un dans le vestibule, referma la porte et arrêta le phono. Il haussa les sourcils.

– Mrs. Penderton, murmura-t-il.

Leonora entra.

– Je savais que je pourrais frapper à la porte d'en bas jusqu'à perpète et qu'on ne m'entendrait jamais, avec cette musique.

Elle s'assit au pied du lit si brutalement qu'on put croire qu'elle avait cassé un ressort. Se rappelant alors qu'Alison était souffrante, elle s'efforça à son tour de prendre un air souffreteux, conformément à l'idée qu'elle se faisait de l'attitude qu'on doit avoir auprès d'une malade.

– Tu pourras tenir le coup, ce soir ?

– Tenir le coup ?

– Mais, enfin, Alison ! Ma réception ! Cela fait trois jours que je travaille comme un nègre pour tout préparer. Je ne donne ce genre de réception que deux fois par an.

– Bien sûr. Cela m'était sorti de l'esprit.

Le frais visage rose de Leonora s'empourpra soudain de plaisir.

– Écoute ! reprit-elle. Tu devrais venir voir ma cuisine. Voilà ce que je vais faire. Je mets toutes les rallonges à la table de la salle à manger et chacun ira se servir. Il y aura deux jambons de Virginie, une énorme dinde, du poulet frit, des tranches de rôti de porc froid, des travers de porc grillés et toutes sortes de bricoles, des oignons au vinaigre, des olives et des radis. Et puis des petits pains chauds et des petits biscuits salés qu'on fera circuler. Je mettrai le bol de punch dans un coin et, pour ceux qui préfèrent l'alcool pur, huit bouteilles de bourbon du Kentucky, cinq de whisky de seigle et cinq de malt sur la desserte. Un professionnel de la ville doit venir jouer de l'accordéon.

– Ciel! Mais qui va consommer tout cela? demanda Alison, un peu écœurée.

– Toute la bande! s'écria Leonora avec enthousiasme. J'ai téléphoné à tous les autres, de la femme de Vieux Doudou aux petits lieutenants.

Leonora avait surnommé le général commandant la garnison «Vieux Doudou», et c'est ainsi qu'elle s'adressait à lui. Elle traitait tous les hommes, y compris le général, sur un ton affectueusement désinvolte, et elle les menait presque par le bout du nez. L'épouse du général était très grosse, lente, complimenteuse à l'excès et complètement dépassée.

– L'une des raisons de ma visite ce matin, poursuivit Leonora, c'est de savoir si Anacleto pourra venir servir le punch.

– Il sera content de t'aider, répondit Alison.

Debout sur le seuil, Anacleto n'avait pas l'air très ravi. Il lança à Alison un regard réprobateur et descendit s'occuper du déjeuner.

– Les deux frères de Susie donnent un coup de main à la cuisine et, ma parole, c'est incroyable ce qu'ils peuvent dévorer ! Je n'ai jamais rien vu de pareil. Nous…

– À propos, interrompit Alison, est-ce que Susie est mariée ?

– Grands dieux, non ! Elle ne veut pas entendre parler des hommes. Elle s'est laissé avoir quand elle avait quatorze ans, et elle ne l'a jamais oublié. Pourquoi cette question ?

– Simplement parce que je suis presque sûre d'avoir vu tard cette nuit quelqu'un entrer chez toi par la porte de service, et en ressortir avant l'aube.

Leonora tenait Alison pour une détraquée, et elle ne prenait au sérieux aucune de ses remarques, même les plus anodines.

– Tu l'auras sans doute rêvé, répondit-elle d'un ton apaisant.

– C'est possible.

Leonora trouvait déjà le temps long et il lui tardait de rentrer chez elle. Mais, comme elle pensait qu'une visite de bon voisinage devait durer au moins une heure, elle s'y tint scrupuleusement. Elle soupira et s'efforça de nouveau d'avoir l'air malade. Quand elle ne se laissait pas entraîner à parler de nourriture ou de sport, elle pensait que, dans la chambre d'une malade, il convient de parler de maladies. À l'instar de tous les imbéciles, elle avait un faible pour les détails macabres qu'elle pouvait recueillir ou propager. Son répertoire tragique se limitait la plupart du temps aux violents accidents sportifs.

– Je t'ai raconté l'histoire de cette gamine de treize ans qui nous a accompagnés comme piqueur à la chasse au renard, et qui s'est cassé la figure ?

– Oui, Leonora, répondit Alison en s'efforçant de maîtriser son exaspération, tu m'as donné tous les horribles détails à cinq reprises.

– Cela t'énerve ?

– Oui, énormément.

– Humm..., fit Leonora.

Cette rebuffade ne la déconcerta pas le moins du monde. Calmement, elle alluma une cigarette.

– Que personne n'aille te raconter que c'est la manière de chasser le renard. Je sais. J'ai pratiqué les deux méthodes. Écoute-moi, Alison !

Elle arrondit exagérément la bouche et, du ton emprunté qu'elle eût utilisé pour encourager une petite fille, elle demanda :

– Sais-tu comment on chasse l'opossum ?

Alison hocha la tête et rajusta le couvre-lit.

– On les force à grimper à un arbre, répondit-elle.

– À pied : c'est comme ça qu'il faut chasser le renard. J'ai un oncle qui a un pavillon de chasse en montagne, et mes frères et moi allions souvent l'y rejoindre. On partait tous les six avec nos chiens après le coucher du soleil, quand il faisait froid. Un boy noir nous suivait, avec sur le dos une outre pleine de bon sirop de maïs. Il nous arrivait de courir un renard toute la nuit dans la montagne. Tu ne peux pas savoir ce que c'était ! C'était…

Leonora sentait bien ce qu'elle voulait dire, mais les mots ne lui venaient pas.

– Et boire un dernier coup à six heures avant le petit déjeuner. Ils disaient tous que mon oncle était un peu bizarre, mais, bon sang, pour ce qui est de se mettre à table, il était un peu là. Après une chasse, on trouvait la table chargée de laitance de poisson, de jambon grillé, de poulet frit, de biscuits larges comme la main…

Quand Leonora fut enfin partie, Alison ne savait pas si elle devait rire ou pleurer ; elle fit un peu des deux, nerveusement. Anacleto vint la rejoindre et il effaça avec soin le creux au bout du lit, à l'endroit où Leonora s'était assise.

– Anacleto, déclara Alison après avoir brusquement cessé de rire, je vais divorcer. J'en parlerai ce soir au commandant.

À voir l'expression d'Anacleto, elle ne put deviner s'il était surpris. Il attendit un moment avant de demander :

– Et alors, Madame Alison, où irons-nous après ?

Alison se remémora le long catalogue de projets qu'elle avait échafaudés au cours de ses nuits d'insomnie : donner des leçons de latin dans un quelconque collège en ville, pêcher des crevettes, envoyer Anacleto passer ses journées au-dehors pendant qu'elle-même, dans une pension de famille, ferait de la couture. Mais elle se borna à déclarer :

– Je n'ai pas encore décidé.

– Je me demande comment les Penderton vont prendre cela, dit Anacleto d'un ton rêveur.

– Inutile de te poser la question, car cela ne nous regarde pas.

Le petit visage d'Anacleto était sombre et pensif. Il resta debout sur place, la main sur le bois du lit. Alison eut l'impression qu'il avait encore une question à lui poser, elle le regarda et attendit.

– Croyez-vous que nous pourrions habiter dans un hôtel ? s'enquit-il enfin, plein d'espoir.

Dans l'après-midi, le capitaine Penderton se rendit à l'écurie pour sa promenade habituelle. Le soldat Williams était encore là, bien que son service se terminât à quatre heures. Le capitaine adressa la parole au jeune soldat sans le regarder, sur un ton aigu et arrogant.

– Sellez Firebird, le cheval de Mrs. Penderton.

Williams resta immobile, les yeux fixés sur le visage pâle et tendu du capitaine.

– Vous dites, mon capitaine ?

– Firebird, le cheval de Mrs. Penderton.

C'était un ordre inaccoutumé. Le capitaine Penderton n'avait monté Firebird que trois fois, et chaque fois en compagnie de sa femme. Le capitaine n'avait pas de cheval à lui, et il montait les chevaux qui appartenaient à l'écurie. En attendant dans la cour, il faisait claquer nerveusement le bout de ses gants. Quand on lui amena Firebird, il se montra mécontent: le soldat Williams avait mis la selle de Mrs. Penderton, une selle plate, d'un modèle anglais, alors que le capitaine préférait une selle d'ordonnance du modèle McClellan. Pendant qu'on effectuait le changement, le capitaine examina les yeux rouges tout ronds de l'animal, et il y vit le reflet mouillé de son propre visage apeuré. Williams lui tint la bride tandis qu'il montait. Le capitaine se tenait raide, mâchoires serrées, les genoux convulsivement collés à la selle. Le soldat restait impassible, la main sur la bride.

Au bout d'un moment le capitaine dit :

– Eh bien, soldat, vous voyez bien que je suis en selle. Lâchez la bride!

Williams s'écarta de quelques pas. Le capitaine serra les rênes et durcit les cuisses. Rien ne se passa. Le cheval ne plongea pas et ne tira pas sur le mors, ainsi qu'il faisait chaque matin avec Mrs. Penderton, mais attendit tranquillement le signal du départ. Quand le capitaine s'en aperçut, il fut envahi d'une joie malsaine. « Ah, songeait-il, je savais bien qu'elle finirait par le dresser ! » Il enfonça les talons, donna au cheval un petit coup de sa courte cravache tressée, et piqua des deux sur l'allée cavalière.

C'était un bel après-midi ensoleillé. L'air était revigorant, chargé de l'odeur âcre et douce des pins et des feuilles mortes. Pas un nuage en vue dans l'espace bleu du ciel. N'étant pas sorti de la journée, le cheval semblait se laisser un peu emporter par le plaisir de pouvoir galoper librement. Comme la plupart des chevaux, Firebird avait tendance à prendre le mors aux dents si on lui lâchait les rênes dès le départ. Le capitaine le savait ; c'est pourquoi son initiative suivante eut quelque chose de fort surprenant. Ils avaient galopé à un bon rythme sur environ trois quarts de mile quand, tout à coup, sans avoir un peu serré les rênes pour avertir, le capitaine donna un brutal coup d'arrêt. Le mouvement fut si rapide et inopiné que Firebird en fut déséquilibré, se piéta gauchement de côté et rua. Puis il s'immobilisa, surpris mais docile. Le capitaine fut extrêmement satisfait.

La manœuvre se renouvela à deux reprises. Le capitaine laissait Firebird se lancer, juste le temps d'éveiller en lui la joie de se sentir libre, puis il l'arrêtait brutalement. Ce comportement n'était pas sans antécédents. Souvent, au cours de son existence, il s'était infligé de bizarres petites punitions, à propos desquelles il eût été bien en peine de s'expliquer.

À la troisième reprise, le cheval s'arrêta comme précédemment, mais il se produisit alors une chose qui inquiéta le capitaine au point de le priver dans l'instant de toute sa satisfaction. Comme ils étaient ainsi, seuls et immobiles sur l'allée, le cheval tourna lentement la tête et regarda le capitaine bien en face. Puis il baissa la tête jusqu'au sol, les oreilles dressées en arrière.

Le capitaine sentit soudain qu'il allait être non seulement vidé de sa selle, mais aussi tué. Il avait toujours eu peur des chevaux ; il montait parce que cela se faisait, et parce que c'était encore une façon de se tourmenter lui-même. Il avait fait changer la confortable selle de sa femme pour l'encombrant modèle McClellan, parce que le pommeau relevé lui offrait une prise en cas de nécessité. Il était maintenant rigide, essayant de se tenir en même temps à la selle et aux rênes. Puis, son appréhension devint telle que, résigné d'avance, il glissa les pieds hors des étriers, porta les mains à son visage et regarda autour de lui pour voir l'endroit où il allait tomber. Pourtant, ce moment de faiblesse fut de courte durée. Quand il se rendit compte qu'après tout il n'allait pas être jeté à terre, une immense sensation de triomphe le saisit. Une fois de plus, ils partirent au galop.

La piste allait en montant, bordée par la forêt de chaque côté. On approchait du tertre d'où l'on pouvait voir le terrain militaire sur plusieurs miles. Au loin, la forêt de pins traçait une ligne vert sombre sur le brillant ciel d'automne. Frappé par la beauté du spectacle, le capitaine décida de s'arrêter quelques instants, et il tira sur les rênes. C'est alors que se produisit un incident imprévisible, et qui eût pu lui coûter la vie. Ils étaient parvenus au grand galop jusqu'au sommet de la crête. À cet endroit, sans avertissement et à un train d'enfer, le cheval obliqua vers la gauche et se précipita dans la pente.

Complètement pris au dépourvu, le capitaine se retrouva projeté en avant sur l'encolure du cheval, les pieds hors des étriers. Il parvint quand même à se cramponner. Une main étreignant la crinière et l'autre serrant mollement les rênes, il réussit à se remettre en selle. Mais il ne put en faire plus. Ils galopaient à une allure telle que la tête lui tournait s'il ouvrait les yeux. Il ne pouvait pas retrouver assez d'assiette pour maîtriser les rênes. Il comprit d'ailleurs en un éclair que ce serait inutile – il n'était plus en son pouvoir de freiner ce cheval. Une seule résolution animait ses muscles et ses nerfs – tenir bon. À une vitesse digne de son illustre géniteur, Firebird survola la clairière qui séparait le tertre et le bois. Le soleil projetait des éclats bronze et rouges sur les herbes. Puis, soudain, le capitaine sentit qu'une pénombre verte les enveloppait, et il comprit qu'ils étaient entrés dans la forêt par un étroit sentier. Même après avoir quitté la clairière, c'est à peine si le cheval sembla ralentir. Le capitaine tout étourdi se maintenait à demi recroquevillé. Au passage, une branche lui ouvrit la joue gauche. Il ne sentit pas la douleur, mais il vit nettement le sang chaud, écarlate, lui couler sur le bras. Il colla sa joue droite contre le poil court et dur de l'encolure de Firebird. Farouchement cramponné à la crinière, aux rênes et au pommeau de la selle, il n'osait lever la tête, de crainte de se la fracasser contre une branche.

Le capitaine avait trois mots au cœur. N'ayant même plus assez de souffle pour les articuler, il les formait sur ses lèvres tremblantes: «Me voilà perdu.»

Or, ayant renoncé à survivre, voici que le capitaine revint soudain à la vie. Il sentit sourdre en lui un immense élan de joie. Cette émotion, aussi inattendue que le plongeon du cheval dans cette folle échappée, le capitaine ne l'avait jamais éprouvée auparavant. Comme dans un délire, ses yeux vitreux étaient à demi clos, mais il voyait soudain plus clairement que jamais. Le monde était un kaléidoscope, et les multiples images qui se présentaient à lui s'imprimaient dans son esprit avec une brûlante netteté. À terre, à moitié ensevelie sous les feuilles, une fleur minuscule, d'un blanc éclatant et délicatement ciselée ; une pomme de pin rugueuse, un oiseau dans la brise, sur le bleu du ciel ; une lumineuse traînée de soleil dans l'ombre verte : c'était comme si le capitaine voyait tout cela pour la première fois. Il sentait la vive pureté de l'air et la merveille de son corps tendu, les battements de son cœur, et le miracle du sang, des muscles, des nerfs et des os. Il n'éprouvait plus aucune terreur ; il avait accédé à ce niveau de conscience où le mystique éprouve qu'il est la terre et que la terre est lui-même. Accroché en crabe au cheval emballé, il arborait sur ses lèvres sanguinolentes un rictus de félicité.

Combien de temps dura cette folle chevauchée, le capitaine ne le sut jamais. À la fin, il se rendit compte qu'ils étaient sortis du bois, et qu'ils galopaient à ciel ouvert. Du coin de l'œil il crut apercevoir un homme étendu au soleil sur un rocher, près d'un cheval en train de brouter. Il n'en fut pas surpris et oublia instantanément cette vision. Seul retenait son attention le fait que, ayant pénétré de nouveau en forêt, le cheval commençait à se fatiguer. Saisi d'un accès de terreur, il se dit : « Quand cela se terminera, je n'en aurai plus pour longtemps. »

Le cheval ralentit, puis finit par s'arrêter, à bout de forces. Le capitaine se redressa sur la selle et regarda autour de lui. Un coup de rênes sur les naseaux ne fit avancer le cheval que de quelques pas. Impossible de le mener plus loin. Tremblant, le capitaine mit pied à terre. Lentement, méthodiquement, il attacha l'animal à un arbre. Il rompit une longue badine et, rassemblant ce qui lui restait de forces, il se mit à fouetter le cheval furieusement. Soufflant à grand bruit, sa robe sombre ruisselant de sueur, celui-ci fit d'abord quelques écarts autour de l'arbre. Le capitaine continua à le frapper. Le cheval finit par s'immobiliser et il poussa un soupir d'épuisement. Sous lui, une flaque de sueur tachait les aiguilles de pin, et il baissait la tête. Le capitaine jeta sa badine. Il était tout ensanglanté et une éruption causée par le frottement contre le poil dru du cheval lui enflammait le visage et le cou. Sa colère n'était pas apaisée, et son épuisement était si grand qu'il tenait à peine debout. Il s'affaissa sur le sol et resta là, gisant dans une curieuse posture, s'entourant la tête de ses bras. Dans cette forêt, il ressemblait à une poupée jetée au rancart. Il sanglotait.

Un bref instant, il perdit connaissance. Quand il revint à lui, il eut une vision du passé. Il revit ses anciennes années comme on contemple une image instable au fond d'un puits. Il se rappela son enfance. Il avait été élevé par ses cinq tantes – des vieilles filles. Elles étaient dépourvues d'aigreur, sauf quand elles se trouvaient seules; elles riaient volontiers et ne cessaient d'organiser des piqueniques, des excursions compliquées, et des dîners dominicaux auxquels elles conviaient d'autres vieilles demoiselles. Toutefois, elles se servaient de l'enfant pour alléger le poids de leurs croix respectives. Le capitaine n'avait jamais reçu de véritable amour. Ses tantes déversaient sur lui de mièvres cajoleries et, à défaut de témoignages d'un meilleur aloi, il les payait de la même monnaie de singe. En outre, le capitaine était un homme du Sud et ses tantes ne l'avaient jamais laissé l'oublier. Par sa mère, il descendait des huguenots qui, ayant quitté la France au XVIIe siècle, avaient vécu à Haïti jusqu'au grand soulèvement, puis étaient devenus planteurs en Géorgie avant la guerre de Sécession. Derrière lui il y avait une histoire de splendeur barbare, de décadence financière et de morgue héréditaire. Mais la génération dont il faisait partie n'était pas arrivée à grand-chose ; l'unique cousin du capitaine était agent de police à Nashville. Très snob, mais dépourvu de vraie dignité, le capitaine attachait une importance disproportionnée au passé disparu.

Il tapa du pied sur les aiguilles de pin et s'abandonna à des sanglots aigus dont le faible écho se répercuta dans le bois. Puis, abruptement, il se tint coi. Une étrange impression qui cheminait en lui depuis un certain temps se précisa soudain. Il était sûr que quelqu'un se tenait là, tout près. Il se retourna péniblement sur le dos.

Tout d'abord, il n'en crut pas ses yeux. À deux mètres, adossé à un chêne, le jeune soldat dont il détestait tant le visage le regardait. Il était complètement nu. Son corps svelte luisait au soleil du crépuscule. Il contemplait le capitaine avec une expression rêveuse et impersonnelle, comme s'il s'agissait d'un insecte d'une espèce nouvelle pour lui. Le capitaine en demeura paralysé de stupéfaction. Il essaya de parler, mais sa gorge n'émit qu'une sorte de râle. Le soldat tourna son regard vers le cheval. Firebird était toujours inondé de sueur et sa croupe était sillonnée de marques. Le temps d'un après-midi, le pur-sang semblait s'être transformé en canasson bon pour la charrue.

Le capitaine était étendu entre le soldat et le cheval. L'homme nu ne prit pas la peine de contourner l'officier. S'éloignant de son arbre, il lui enjamba le corps. Le capitaine aperçut brièvement le pied du soldat, un pied mince et délicat, à la haute cambrure marbrée de veines bleues. Le soldat détacha le cheval et lui caressa les naseaux. Puis, sans un regard pour le capitaine, il emmena l'animal vers le cœur de la forêt.

Tout s'était passé si vite que le capitaine n'avait eu le temps ni de se relever, ni de prononcer une parole. Sa première réaction fut l'ébahissement. Il revoyait le corps du jeune homme, aux lignes harmonieuses. Il lança un appel inarticulé et ne reçut aucune réponse. La rage le saisit. Il sentit monter en lui une haine envers ce soldat, aussi démesurée que la joie qu'il avait éprouvée sur Firebird pendant la folle chevauchée. Cette immense fureur polarisait toutes les humiliations, toutes les convoitises et toutes les peurs de son existence. Il se mit debout en titubant et avança à l'aveuglette dans le bois gagné par les ténèbres.

Il ignorait où il se trouvait, et à quelle distance de la garnison. Son esprit débordait de toutes sortes de ruses destinées à nuire à ce soldat. Le capitaine savait au fond du cœur que cette haine, aussi forte que l'amour, ne le quitterait plus tout au long de sa vie.

Après avoir marché longtemps, et alors que la nuit était presque tombée, il se retrouva sur un chemin qu'il connaissait.

La soirée des Penderton commençait à sept heures, et une demi-heure plus tard il y avait foule dans les pièces de réception. Majestueuse, vêtue d'une robe de velours crème, Leonora était seule à recevoir ses invités. Quand on lui demandait où se trouvait son mari, elle répondait qu'elle n'en savait fichtrement rien, qu'il avait peut-être fugué. Cela faisait rire, le propos circulait, et l'on se représentait le capitaine cheminant péniblement, avec un bâton sur l'épaule, et ses cahiers de notes enveloppés dans un grand mouchoir rouge. Après sa promenade à cheval, il avait dû se rendre en voiture jusqu'à la ville, et peut-être était-il tombé en panne.

La longue table de la salle à manger était somptueusement décorée et abondamment fournie. Il flottait dans l'air une odeur si onctueuse de jambon, de travers de porc et de whisky, qu'on avait presque envie de la déguster à la cuiller. Du salon s'échappait le son de l'accordéon, agrémenté de temps en temps par un petit supplément de chant. Le buffet était peut-être l'endroit le plus gai. Avec un air de circonstance, Anacleto servait parcimonieusement des demi-verres de punch, et il prenait tout son temps. Lorsqu'il aperçut le lieutenant Weincheck, seul près de la porte d'entrée, il entreprit de repêcher pendant un bon quart d'heure toutes les cerises et tous les morceaux d'ananas, puis, négligeant une douzaine d'officiers qui attendaient leur tour, il alla offrir cette coupe de choix au vieux lieutenant. Il régnait une telle animation qu'il était impossible d'avoir une conversation suivie. Il était question des nouveaux crédits militaires et l'on jasait à propos d'un récent suicide. Sous le couvert du brouhaha général, et quand on s'était assuré que le commandant Langdon n'était pas dans les parages, on chuchotait pour plaisanter que le petit Philippin était si attentionné qu'il parfumait les échantillons d'urine d'Alison avant de les porter à l'hôpital pour les analyses.

L'encombrement tournait à la catastrophe. Déjà, une tarte avait glissé d'une assiette et, par mégarde, des pieds en avaient répandu des débris jusqu'à mi-hauteur de l'escalier.

Leonora était d'excellente humeur. Elle gratifia chaque invité d'une aimable banalité et tapota gentiment le crâne chauve du colonel, lequel était depuis longtemps un de ses préférés. Elle paya une fois de sa personne pour apporter un rafraîchissement au jeune accordéoniste qui était venu de la ville.

– Ciel, dit-elle, quel talent il a, ce garçon ! Il peut vous jouer n'importe quoi, il suffit de lui fredonner l'air : *Oh ! Pretty Red Wing* ou n'importe quoi d'autre !

Le commandant Langdon approuva :

– Oui, vraiment épatant !

Puis il se tourna vers le groupe qui entourait le musicien :

– Ma femme, elle, son genre c'est le classique. Vous savez, Bach et compagnie. Mais pour moi, c'est comme si j'avalais une poignée d'asticots. La valse de *La Veuve joyeuse*, par exemple, voilà le genre de musique que j'aime. De la musique avec des airs !

La valse langoureuse et l'arrivée du général apaisèrent quelque peu le brouhaha. Leonora prenait tant de plaisir à sa soirée qu'elle ne s'inquiéta au sujet de son mari qu'à huit heures seulement. La plupart des invités étaient déjà déconcertés par l'absence prolongée de leur hôte. On commençait même à se dire avec une certaine fébrilité qu'il avait peut-être eu un accident, ou qu'un scandale quelconque allait éclater. C'est pourquoi ceux qui étaient arrivés de bonne heure s'attardaient plus qu'il n'est d'usage pour une réception debout; la maison était si bondée qu'il fallait posséder un sens aigu de la stratégie pour circuler d'une pièce à l'autre.

Pendant ce temps, le capitaine Penderton attendait à l'entrée de l'allée cavalière avec une lampe tempête, en compagnie du maréchal des logis chargé de l'écurie. Il était rentré bien après la tombée de la nuit, et sa version de l'histoire était que le cheval l'avait désarçonné et s'était enfui. On espérait que Firebird retrouverait son chemin. Le capitaine avait lavé son visage blessé et couvert de plaques rouges, puis il était allé en voiture jusqu'à l'hôpital, où on lui avait fait trois points de suture à la joue. Mais il ne pouvait pas rentrer chez lui. Ce n'était pas seulement par crainte d'être en présence de Leonora tant que le cheval n'aurait pas réintégré sa stalle, mais il guettait l'homme qu'il détestait. La nuit était tiède, brillante, et la lune dans son troisième quartier.

À neuf heures, on entendit un bruit de sabots qui se rapprochait très lentement. Bientôt on discerna les silhouettes du soldat Williams et des deux chevaux. L'homme les menait tous les deux par la bride. Un peu ébloui, il s'approcha de la lampe tempête. Il dévisagea longuement le capitaine d'un air si étrange que le maréchal des logis en fut choqué. Il ne comprenait pas ce qui se passait, et préféra laisser le capitaine régler la question. Celui-ci se taisait, mais ses paupières frémissaient et ses lèvres tremblaient.

Le capitaine entra dans l'écurie derrière le soldat Williams. Celui-ci porta leur picotin aux chevaux et entreprit de les brosser. Il se taisait, et le capitaine était là, derrière la stalle, le regardant faire. Il observa la finesse et l'adresse des mains du jeune soldat, la tendre rondeur de son cou. Il était subjugué par un mélange de répulsion et d'attirance, comme si, complètement nus, le jeune soldat et lui s'étreignaient corps à corps dans une lutte mortelle. Ses muscles lombaires étaient dans un tel état de faiblesse qu'il pouvait à peine rester debout. Sous leurs paupières frémissantes, ses yeux luisaient comme des flammes bleues. Le soldat termina tranquillement sa tâche et quitta l'écurie. Penderton le suivit et s'arrêta pour le regarder s'enfoncer dans la nuit. Ils n'avaient pas échangé une parole.

C'est seulement en prenant sa voiture que le capitaine se rappela qu'il y avait une soirée chez lui.

Anacleto ne revint qu'à une heure tardive. Il resta sur le seuil de la chambre d'Alison, la mine défaite, car la foule le fatiguait.

– Ah! fit-il d'un ton philosophique, il y a trop de gens sur la terre.

Il eut un bref battement des paupières qui indiqua à Alison qu'il s'était passé quelque chose. Il entra dans la salle de bains et retroussa les manches de sa chemise de linon jaune pour se laver les mains.

– Le lieutenant Weincheck est venu vous tenir compagnie? demanda-t-il.

– Oui, nous sommes restés un bon moment ensemble.

Le lieutenant avait semblé déprimé. Elle l'avait envoyé au rez-de-chaussée chercher une bouteille de sherry. Après avoir pris un verre, ils avaient fait une partie de banque russe au chevet d'Alison, sur l'échiquier qu'il avait posé sur ses genoux. Elle avait compris trop tard qu'elle avait manqué de tact en lui proposant cette partie, car le lieutenant savait à peine distinguer les cartes les unes des autres et il s'efforçait de dissimuler son ignorance.

– Il vient d'apprendre que la commission médicale le réformait, dit Alison. Il va bientôt recevoir son avis de mise à la retraite.

– Tch ! Quel dommage ! Mais, tout de même, à sa place j'en serais plutôt content.

Le docteur avait prescrit un nouveau médicament à Alison, et dans le miroir de la salle de bains elle vit Anacleto examiner attentivement le flacon, puis y goûter avant de lui verser la dose indiquée. Sa mine indiquait que le goût ne lui plaisait guère. Mais il arborait un radieux sourire en retournant dans la chambre.

– On n'a jamais vu une soirée pareille, dit-il. Quelle constellation !

– Con*stern*ation, Anacleto.

– Désastre, en tout cas. Le capitaine Penderton est arrivé avec deux heures de retard. Et quand il est entré, il avait l'air d'avoir été à moitié dévoré par un lion. Son cheval l'avait projeté dans un fourré de ronces et s'était sauvé. Vous ne pouvez pas imaginer la tête qu'il avait.

– Rien de cassé ?

– On aurait dit qu'il s'était cassé les reins, dit Anacleto avec un certain plaisir. Mais il a fait bonne contenance : il est monté mettre son costume de soirée et s'est comporté comme si de rien n'était. Ils sont tous partis, maintenant, sauf le commandant et le colonel, et sa femme rousse qui a l'air d'une butte.

– Anacleto, fit Alison d'un ton de reproche indulgent.

Anacleto avait plusieurs fois employé ce terme de « butte » avant qu'elle comprenne sa signification. Elle avait cru qu'il s'agissait d'un mot philippin, puis elle avait enfin réalisé qu'il voulait dire « pute ».

Anacleto haussa les épaules et se tourna brusquement vers Alison, le visage enflammé.

– Je déteste les gens ! s'écria-t-il d'un ton passionné. À la réception, quelqu'un a sorti une plaisanterie sans s'apercevoir que j'étais tout près. C'était vulgaire, insultant et faux.

– Qu'est-ce que tu veux dire ?

– Je n'oserais pas vous la répéter.

– Alors, oublie-la. Va te coucher et dors bien.

Alison était perturbée par l'explosion d'Anacleto. Elle avait l'impression, elle aussi, de détester les gens. Depuis cinq ans, tous ceux qu'elle fréquentait avaient quelque chose de déplaisant, à l'exception de Weincheck et, naturellement, d'Anacleto et de la petite Catherine. Morris Langdon était tout d'une pièce, mais aussi stupide et dépourvu de cœur qu'un homme peut l'être. Leonora n'était qu'une sorte d'animal. Quant à ce voleur de Weldon Penderton, il était corrompu jusqu'à la moelle. Quelle équipe ! Elle-même, elle se détestait. Si elle ne s'arrêtait pas à des considérations sordides, et s'il lui restait une miette de dignité, Anacleto et elle n'auraient pas été là ce soir.

Elle se tourna vers la fenêtre et regarda la nuit. Le vent s'était levé et, au rez-de-chaussée, un volet décroché battait contre le mur de la maison. Elle éteignit pour regarder par la fenêtre. Orion était admirablement visible et lumineux. Dans la forêt, la cime des arbres ondulait au vent comme de sombres vagues. C'est alors que, se penchant du côté de chez les Penderton, elle vit un homme debout à la lisière du bois. Il était caché par les arbres, mais son ombre se profilait nettement sur la pelouse. Bien qu'elle ne pût distinguer ses traits, elle était sûre qu'un homme était là, aux aguets. Elle l'observa pendant dix, vingt, trente minutes. Il ne bougeait pas. Cela lui faisait une impression si étrange qu'elle se demanda si, pour de bon, elle ne perdait pas la raison. Elle ferma les yeux et compta mentalement de sept en sept jusqu'à deux cent quatre-vingts. Quand elle rouvrit les yeux, l'ombre avait disparu.

Son mari frappa à la porte. Ne recevant pas de réponse, il tourna doucement la poignée et regarda à l'intérieur de la pièce.

– Tu dors, ma chérie ? demanda-t-il d'une voix à réveiller un mort.

– Oui, répondit-elle d'un ton sec. À poings fermés.

Déconcerté, le commandant ne savait pas s'il devait refermer la porte ou entrer. À distance, Alison pouvait deviner qu'il avait fait honneur au buffet de Leonora.

– Demain, dit-elle, j'aurai à te parler de quelque chose. Tu dois te douter de ce dont il s'agit. Alors, prépare-toi.

– Je n'en ai pas la moindre idée, répliqua le commandant piteusement. J'ai fait quelque chose de mal ?

Il réfléchit un instant.

– Mais si c'est de l'argent pour quelque chose de spécial, Alison, c'est impossible. J'ai perdu mon pari au football et je viens de régler la facture d'entretien de mon cheval...

La porte se referma avec précaution.

Il était minuit passé, et de nouveau Alison était seule. Elle redoutait toujours ces longues heures jusqu'à l'aube. Si elle disait à Morris qu'elle n'avait pas du tout dormi, lui, naturellement, n'en croyait rien. Il ne croyait pas non plus qu'elle fût souffrante. La première fois, quatre ans auparavant, il avait été très inquiet. Mais, au fur et à mesure que les calamités se succédaient – pleurésie, néphrite, et maintenant maladie de cœur -, il avait fini par s'exaspérer et par ne plus la croire malade. Il mettait tout sur le compte de l'hypocondrie, d'un simulacre commode pour se dérober à ses obligations, c'est-à-dire aux activités sportives et aux réceptions auxquelles il tenait. Et puis mieux vaut donner à une hôtesse trop insistante une excuse unique mais valable, car, si l'on refuse en invoquant plusieurs raisons, si légitimes soient-elles, l'hôtesse ne vous croit pas. Alison entendit son mari traverser le vestibule pour regagner sa chambre, et se tenir à lui-même un long discours. Elle alluma sa lampe de chevet et se mit à lire.

À deux heures du matin, elle eut la brusque intuition qu'elle allait mourir pendant la nuit. Elle s'assit dans son lit, adossée aux oreillers, femme jeune aux traits déjà accusés et vieillis, dont les regards allaient sans cesse d'un coin du mur à l'autre. Elle avait un bizarre petit mouvement de tête, le cou tendu, levant le menton de côté, comme si quelque chose l'étouffait. Le silence de la pièce lui paraissait brisé par mille sons discordants. L'eau tombait goutte à goutte dans la cuvette des toilettes de la salle de bains. La pendule de la cheminée, une vieille pendule à balancier décorée de cygnes blancs et dorés sur le globe, marquait les secondes d'un son rouillé. Mais le troisième son, plus bruyant et plus inquiétant, était celui de son cœur. Il y régnait un grand tumulte. Il semblait s'emballer, avec de rapides battements pareils aux pas d'un coureur, puis bondir, pour retomber lourdement avec une violence qui la secouait de la tête aux pieds. Avec une infinie lenteur, elle ouvrit le tiroir de la table de chevet pour prendre son tricot. « Il faut que je pense à des choses agréables », se dit-elle avec bon sens.

Elle se rappela la période la plus heureuse de sa vie. Elle avait vingt et un ans, et neuf mois durant elle avait essayé de faire pénétrer dans le crâne de jeunes pensionnaires des bribes de Cicéron et de Virgile. À l'époque des vacances, elle se trouvait à New York avec deux cents dollars en poche. Elle était montée dans un bus en partance pour le Nord, sans avoir la moindre idée de l'endroit où elle allait. Quelque part dans le Vermont, elle était arrivée dans un village qui lui plaisait, et quelques jours plus tard elle avait loué un petit chalet dans les bois. Elle avait emmené sa chatte, Petronius, dont, après la naissance imprévue d'une portée de chatons vers la fin de l'été, il lui fallut féminiser le nom. Plusieurs chiens errants prirent goût à sa demeure et, une fois par semaine, elle allait à l'épicerie du village acheter de quoi nourrir chiens, chats et elle-même. Matin et soir, durant ce bel été, elle avait préparé son plat préféré, du *chili con carne*, avec des biscottes et du thé. L'après-midi elle cassait du bois, et le soir elle restait assise à la cuisine, les pieds contre le poêle, elle lisait à haute voix ou chantait pour elle-même.

De ses lèvres pâles et gercées, Alison formait des paroles muettes et concentrait son regard sur le bout du lit. Tout à coup, elle laissa tomber son tricot et retint son souffle. Son cœur avait cessé de battre. La chambre était aussi silencieuse qu'un sépulcre et Alison attendait, la bouche ouverte, la tête tordue de côté sur l'oreiller. Elle était terrorisée, mais quand elle essaya d'appeler et de rompre ce silence, aucun son ne franchit ses lèvres.

On frappa un léger coup à la porte, qu'elle n'entendit pas. Il lui fallut un certain temps pour s'apercevoir qu'Anacleto était entré dans la pièce et lui tenait la main. Après ce silence terriblement long (il avait duré sûrement plus d'une minute), Alison sentit de nouveau son cœur battre ; les plis de sa chemise de nuit frémissaient doucement sur sa poitrine.

– Un mauvais moment ? demanda Anacleto d'un petit air encourageant et joyeux.

Mais, tandis qu'il la regardait, son visage avait le même rictus douloureux que celui de sa maîtresse, la lèvre supérieure contractée découvrant sa denture.

– J'ai eu une telle frayeur. Il s'est passé quelque chose ?

– Non, il ne s'est rien passé. Mais ne faites pas cette mine-là.

Il tira son mouchoir de la poche de sa blouse et le trempa dans un verre d'eau pour baigner le front d'Alison.

– Je vais descendre chercher mes affaires et rester près de vous jusqu'à ce que vous vous endormiez.

En même temps que sa boîte d'aquarelle, il apporta deux tasses d'Ovomaltine sur un plateau. Il fit du feu et installa une table de jeu devant la cheminée. Sa présence était si réconfortante pour Alison qu'elle avait envie de pleurer de soulagement. Après lui avoir donné le plateau, Anacleto s'installa confortablement devant la table et dégusta son Ovomaltine à petites gorgées, pour mieux le savourer. C'était l'un des traits qu'Alison trouvait le plus attachant chez Anacleto : son art de faire une fête de l'acte le plus simple. Il ne se comportait pas comme s'il s'était tiré de son lit en pleine nuit par dévouement, pour tenir compagnie à une malade, mais comme si tous deux avaient délibérément choisi ce moment pour s'offrir une petite fête. Chaque fois qu'ils devaient affronter quelque désagrément, Anacleto s'arrangeait pour en faire le prétexte d'un divertissement. Une serviette blanche étendue sur les genoux, il dégustait son Ovomaltine avec un cérémonial digne du meilleur vin, et ce, bien qu'il détestât autant qu'Alison le goût de ce breuvage, l'ayant acheté uniquement sur la foi des promesses alléchantes inscrites sur l'étiquette de la boîte.

– Tu as sommeil ? demanda-t-elle.

– Non, pas du tout.

Il était pourtant si fatigué qu'au simple mot de « sommeil » il ne put s'empêcher de bâiller. Par loyauté, il se détourna et fit semblant d'avoir ouvert la bouche pour tâter du doigt sa nouvelle dent de sagesse.

– J'ai fait la sieste cet après-midi, ajouta-t-il, et j'ai dormi un peu cette nuit. J'ai rêvé de Catherine.

Alison ne pouvait jamais penser à son bébé sans éprouver un mélange d'amour et de chagrin qui était comme un insupportable poids sur sa poitrine. Non, le temps n'était pas capable d'atténuer la cruauté de cette perte. Tout au plus Alison pouvait-elle maintenant mieux se dominer. Pendant quelque temps, après ces onze mois de joie, d'anxiété et de souffrance, elle ne paraissait pas différente. On avait enterré Catherine au cimetière de la garnison où ils étaient alors affectés. Très longtemps, Alison avait été obsédée par la vision aiguë, morbide, du petit corps dans la tombe. À force d'attacher ses pensées à la putréfaction des chairs et à ce petit squelette solitaire, elle s'était mise dans un tel état qu'elle avait fini après maintes démarches, par obtenir l'exhumation du cercueil. Elle avait emmené la dépouille au crématorium de Chicago et dispersé les cendres dans la neige. Maintenant, les seuls souvenirs de Catherine étaient ceux qu'elle partageait avec Anacleto.

Elle attendit de sentir sa voix se raffermir pour demander :

– De quoi as-tu rêvé ?

– C'était troublant, répondit-il doucement. Un peu comme si je tenais un papillon au creux de ma main. Je donnais son biberon à Catherine, puis subitement elle avait des convulsions, et vous tentiez de faire marcher le robinet d'eau chaude.

Anacleto ouvrit sa boîte d'aquarelle et disposa son papier, ses pinceaux et ses couleurs devant lui. Les flammes éclairaient son visage pâle et faisaient briller ses yeux sombres.

– Ensuite le rêve a changé et, au lieu de Catherine, j'avais sur les genoux une des bottes du commandant, que j'ai dû cirer deux fois aujourd'hui. La botte grouillait de souris nouveau-nées qui s'échappaient partout, et j'essayais de les empêcher de grimper sur moi. Pouah ! C'était comme…

– Chut, Anacleto ! dit Alison, frissonnante. Je t'en prie !

Il se mit à peindre et elle l'observa. Il trempait son pinceau dans le verre, et un nuage couleur lavande se formait dans l'eau. Penché au-dessus du papier, il paraissait réfléchir et, à un moment, il prit une règle pour effectuer de rapides mesures. Il avait de grandes dispositions pour la peinture, Alison en était certaine. Pour le reste, il n'était pas maladroit, mais au fond il ne faisait qu'imiter, presque comme un petit singe, disait Morris. Ses aquarelles et ses dessins étaient pourtant vraiment personnels. À l'époque où ils étaient en garnison près de New York, Anacleto avait suivi des cours du soir à l'École des beaux-arts, et Alison avait constaté, avec fierté mais sans étonnement, que, à l'exposition de l'École, de nombreux visiteurs revenaient sur leurs pas pour regarder ses tableaux.

Ses œuvres, à la fois primitives et très compliquées, possédaient un étrange pouvoir de fascination. Mais Alison ne réussissait pas à lui faire prendre son talent suffisamment au sérieux pour travailler avec assiduité.

– La nature des rêves…, dit-il à mi-voix. C'est étrange quand on y pense. Aux Philippines, l'après-midi, quand votre oreiller est humide et que le soleil brille dans la chambre, vous avez un type de rêve. Et dans le Nord, la nuit, quand il neige…

Mais Alison s'était déjà replongée dans ses soucis et elle ne l'écoutait pas. Elle l'interrompit brusquement.

– Dis-moi, ce matin, quand tu étais fâché et que tu parlais d'ouvrir une boutique de linge de maison à Québec, avais-tu une idée précise ?

– Certainement. Vous savez, j'ai toujours voulu voir la ville de Québec. Et je trouve qu'il n'y a rien de plus agréable que de toucher du beau linge.

– Et… c'est tout ce que tu avais en tête ?

La question avait été posée sans intonation, et Anacleto ne répondit pas.

– Quelle somme as-tu à la banque ? reprit-elle.

Il réfléchit, tenant son pinceau en équilibre au-dessus du verre.

– Quatre cents dollars et six cents. Voulez vous que je les retire ?

– Pas maintenant. Mais nous pourrions en avoir besoin plus tard.

– Je vous en prie, ne vous inquiétez pas. Cela ne vous avance absolument à rien.

La chambre était baignée de la rose lueur du feu, et agitée d'ombres grises. La pendule émit un petit ronronnement mécanique et sonna trois heures.

– Tenez ! dit soudain Anacleto.

Il chiffonna la feuille qu'il était en train de peindre et la jeta de côté. Puis, assis d'un air méditatif, le menton dans la main, et regardant fixement les tisons du feu, il énonça :

– Un paon d'un vert sinistre, avec un immense œil d'or. Et dans cet œil les reflets d'une chose minuscule…

Dans son effort pour trouver le mot juste, il élevait la main et serrait son pouce contre son index. Sa main projetait une grande ombre au mur derrière lui.

– Minuscule et...

– Grotesque, souffla Alison.

Il hocha la tête.

– Exactement.

Mais une fois qu'il eut repris son travail, un bruit dans la chambre silencieuse, ou peut-être le souvenir de la résonance des dernières paroles d'Alison, le fit soudain se retourner.

– Non, ne faites pas cela! dit-il.

Et, se levant précipitamment, il renversa le verre d'eau, qui se brisa contre la cheminée.

Cette nuit-là, le soldat Williams se trouvait dans la chambre de Leonora endormie depuis une heure seulement. Pendant la réception, il avait attendu à la lisière du bois. Une fois la plupart des invités partis, il resta derrière la fenêtre du salon jusqu'à ce que l'épouse du capitaine monte se coucher. Un peu plus tard, il entra dans la maison comme il l'avait déjà fait. Un beau rayon de lune argenté éclairait de nouveau la pièce. La Dame reposait sur le côté, entourant son visage ovale de ses mains pas très nettes. Elle portait une chemise de nuit de satin, et la couverture était rabattue jusqu'à sa taille. Le jeune soldat se glissa en silence près du lit. Prudemment, il s'aventura une fois à tâter entre le pouce et l'index l'étoffe soyeuse de la chemise de nuit. En pénétrant dans la chambre, il avait regardé autour de lui. Il était resté quelques instants devant la coiffeuse, à examiner les flacons, les houppettes et les objets de toilette. Un vaporisateur avait retenu son attention, il l'avait approché de la fenêtre et considéré d'un air déconcerté. Sur la table, il y avait un reste de cuisse de poulet dans une soucoupe. Le soldat le prit, le huma et en croqua une bouchée.

Il était maintenant accroupi au clair de lune, les yeux mi-clos et un sourire humide aux lèvres. À un moment, la femme bougea dans son sommeil, soupira et s'étira. Les doigts du soldat se risquèrent à toucher une mèche de cheveux bruns, éparse sur l'oreiller.

Il était trois heures passées quand brusquement le soldat Williams se raidit. Il regarda autour de lui et sembla tendre l'oreille. Il ne comprit pas tout de suite ce qui avait changé, ni pourquoi il se sentait mal à l'aise. Il aperçut de la lumière dans la maison voisine. Dans le silence nocturne il entendit une femme pleurer. Puis ce fut le bruit d'une automobile qui s'arrêtait devant la maison éclairée. Williams gagna sans bruit le vestibule. La porte de la chambre du capitaine était close. Quelques instants plus tard, il longeait lentement la lisière du bois.

Au cours des deux journées et des deux nuits précédentes, le soldat avait très peu dormi et il avait les paupières lourdes de fatigue. Il fit un détour pour prendre un raccourci qui lui évitait de se trouver face à face avec la sentinelle. À l'aube, et pour la première fois depuis des années, il eut un rêve et parla tout haut dans son sommeil. De l'autre côté de la chambrée, un soldat s'éveilla et lui expédia un soulier.

Comme le soldat Williams n'avait pas d'amis à la caserne, nul ne s'intéressait à ses absences nocturnes. On se disait qu'il avait fait la connaissance d'une femme. De nombreux engagés étaient mariés secrètement, et il leur arrivait de passer la nuit en ville avec leur femme. À dix heures on éteignait dans le long dortoir, mais tous les hommes n'étaient pas au lit alors. Parfois, le plus souvent le premier jour du mois, il y avait dans les latrines des parties de poker qui duraient toute la nuit. Une fois, en rentrant à la caserne à trois heures du matin, le soldat Williams avait rencontré la sentinelle, mais comme il y avait deux ans qu'il était à l'armée et qu'on le connaissait, on ne lui demanda rien.

Les nuits suivantes, Williams se reposa et dormit normalement. En fin d'après-midi, il restait assis sur un banc devant la caserne, et le soir il fréquentait les lieux de distraction de la garnison. Il allait au cinéma et au gymnase. Le soir, le gymnase était aménagé en piste de patins à roulettes. Il y avait de la musique et un coin réservé où l'on pouvait s'attabler pour prendre une bière bien fraîche et mousseuse. Le soldat Williams commanda un verre et, pour la première fois de sa vie, goûta une boisson alcoolisée. Dans un grand tintamarre, les soldats faisaient des tours de piste et une aigre odeur de sueur et de cire à parquet flottait dans l'air. Trois soldats, tous des anciens, furent surpris de voir Williams quitter sa table pour venir les rejoindre. Le jeune soldat les dévisagea et parut sur le point de leur poser une question. Mais il ne se résolut pas à parler, et il les quitta au bout d'un moment.

Il s'était toujours montré d'une humeur si peu sociable que c'est tout juste si la moitié des hommes de sa chambrée savait comment il s'appelait. En réalité, le nom qu'il portait dans l'armée n'était pas son vrai nom. Quand il s'était engagé, un vieux dur à cuire de juteux avait froncé les sourcils en voyant sa signature – L.G.Williams –, et lui avait lancé :

– Écris ton nom, espèce de morveux, ton nom en entier !

Le soldat avait attendu un long moment avant d'expliquer que ces initiales étaient son nom, et qu'il n'en possédait pas d'autre.

– Eh bien, on n'entre pas dans l'armée des États-Unis avec un nom pareil ! avait dit le juteux. Tu t'appelleras E-l-g-é ; d'accord ?

Williams avait acquiescé passivement et, devant cette indifférence, le juteux avait éclaté d'un rire brutal.

– Les crétins qu'on nous envoie maintenant ! avait-il commenté en retournant à sa paperasse.

On était maintenant en novembre, et depuis deux jours le vent soufflait en rafales. L'espace d'une nuit, les jeunes érables le long des allées avaient perdu leurs feuilles. Elles s'étalaient comme un tapis d'or sous les arbres, et le ciel charriait des nuages blancs. Le lendemain, une pluie froide se mit à tomber. Dans les rues, on piétinait les feuilles brunâtres et détrempées, jusqu'à ce qu'elles soient ratissées et enlevées. Puis le temps s'éclaircit, les branches nues dessinaient un filigrane sur le ciel d'hiver. Au petit matin, l'herbe morte était couverte de gelée blanche.

Après quatre nuits de repos, le soldat Williams retourna chez le capitaine. Cette fois, connaissant les habitudes de la maison, il n'attendit pas que le capitaine soit couché. À minuit, tandis que l'officier travaillait à son bureau, il monta à la chambre de la Dame et y resta une heure. Puis il se posta à la fenêtre du bureau, curieux, jusqu'à ce que le capitaine gagnât sa chambre à deux heures du matin. Car il se passait là quelque chose que le soldat ne comprenait pas.

Au cours de ses opérations de reconnaissance et de ses veillées nocturnes dans la chambre de la Dame, le soldat n'éprouvait aucune peur. Il sentait, mais ne pensait pas ; il vivait le moment qui passe, sans récapituler mentalement ses actions présentes ou passées. Cinq ans plus tôt, L.G. Williams avait tué un homme. Au cours d'une dispute à propos d'une brouettée de fumier, il avait poignardé un nègre, et caché le corps dans une carrière abandonnée. Il avait agi dans un accès de colère, et il se rappelait la couleur violente du sang, et le poids du corps mou qu'il avait traîné à travers le bois. Il se rappelait le soleil torride de cet après-midi de juillet, l'odeur de poussière et de mort. Il avait ressenti un vague étonnement, un sourd désarroi, mais pas la moindre peur, et depuis ce jour-là il ne s'était jamais vraiment considéré comme un assassin. La conscience ressemble à une tapisserie dont les multiples colorations procèdent du vécu de nos sens, et dont la forme se dessine dans nos circonvolutions cérébrales. La conscience du soldat Williams était teintée d'étranges coloris, mais elle n'avait ni contours ni forme précise.

Lors de ces premières journées d'hiver, le soldat Williams se rendit compte d'un seul fait, à savoir que le capitaine le suivait. Deux fois par jour, le visage bandé et encore tout endolori, le capitaine faisait de courtes promenades à cheval. Une fois qu'il avait ramené son cheval à l'écurie, il s'attardait un certain temps. Trois fois en se rendant à la cantine, Williams s'était retourné, et il avait vu le capitaine à une dizaine de mètres. Plus souvent que ne l'eût voulu un simple hasard, l'officier le croisait sur le trottoir. Une fois, lors d'une de ces rencontres, le soldat s'était arrêté et avait regardé derrière lui. Un moment après, le capitaine s'était arrêté, lui aussi, et s'était à moitié détourné. C'était en fin d'après-midi et le crépuscule d'hiver avait une pâleur violette. Les yeux du capitaine brillaient, son regard était fixe et cruel. Près d'une minute s'écoula avant que, s'étant comme donné le mot, chacun reprît son chemin.

4

Dans une garnison, un officier ne parvient pas facilement à établir un contact personnel avec une recrue. Le capitaine Penderton en faisait l'expérience. S'il avait servi comme officier de troupe, à la tête d'une compagnie, d'un bataillon ou d'un régiment, il lui eût été possible de connaître personnellement certains soldats. C'est ainsi que le commandant Langdon connaissait le nom et le visage de presque tous les hommes qui servaient sous ses ordres. Mais le capitaine Penderton, qui enseignait à l'École, n'était pas dans ce cas. Excepté ses sorties à cheval (et depuis quelque temps le capitaine y faisait preuve d'une exceptionnelle témérité), il n'avait aucune possibilité de nouer des liens avec ce soldat qu'il en était venu à détester.

Malgré tout, le désir d'établir un contact avec lui le tenaillait. L'image de ce soldat l'obsédait. Il se rendait à l'écurie aussi souvent qu'il pouvait raisonnablement le faire. Le soldat Williams sellait le cheval et tenait la bride pour aider le capitaine à monter. Quand le capitaine savait qu'il allait rencontrer Williams, il sentait la tête lui tourner. Au cours de ces entrevues impersonnelles, ses facultés sensorielles s'affaiblissaient curieusement; en présence du soldat, il était incapable de voir ou d'entendre correctement, et ce n'est que lorsqu'il était seul et à une certaine distance qu'il était de nouveau capable de percevoir distinctement ce qui l'entourait. Ce visage, ces yeux stupides, ces lèvres sensuelles souvent humides, ces franges de cheveux pareilles à celles d'un gamin: l'image lui en était insupportable. Il entendait rarement le soldat s'exprimer, mais la mélodie de son accent du Sud ne cessait de lui ressurgir en tête comme une rengaine lancinante.

En fin d'après-midi, le capitaine arpentait les rues entre l'écurie et la caserne, dans l'espoir de rencontrer le soldat Williams. Quand il l'apercevait à une certaine distance, marchant de son pas souple et nonchalant, il sentait sa gorge se contracter, et pouvait à peine avaler sa salive. Lorsqu'ils se croisaient, Williams regardait toujours d'un air vague par-dessus l'épaule du capitaine et saluait très lentement, d'une main plutôt molle. Un jour, comme ils approchaient l'un de l'autre, le capitaine le vit déplier l'enveloppe d'un sucre d'orge et la jeter avec négligence sur la bordure de gazon bien taillé qui longeait le trottoir. Cela l'avait rendu furieux. Il était revenu sur ses pas pour ramasser le papier et l'avait fourré dans sa poche.

Le capitaine Penderton, qui jusque-là n'avait pour ainsi dire pas connu d'émotions, n'analysait pas l'étrange haine qu'il ressentait. À une ou deux reprises, s'étant éveillé tardivement après avoir pris trop de somnifère, il s'était fait du mauvais sang en songeant à sa conduite récente. Mais il ne s'appliquait pas vraiment à comprendre la raison profonde de son aversion.

Un après-midi qu'il passait en voiture devant la caserne, il aperçut le soldat assis seul sur l'un des bancs. Le capitaine s'arrêta un peu plus loin pour l'observer. Williams avait la pose abandonnée d'un homme sur le point de faire un petit somme. Le ciel était vert pâle et le soleil d'hiver déclinant projetait de longues ombres nettes. Le capitaine resta à observer le soldat jusqu'à la sonnerie du souper. Après que le soldat eut regagné la caserne, le capitaine demeura dans son auto, à contempler le bâtiment.

La nuit était tombée et la caserne était brillamment illuminée. Dans une salle du rez-de-chaussée il pouvait voir des soldats jouer au billard ou feuilleter des illustrés. Le capitaine imaginait le réfectoire avec ses longues tables, la nourriture bien chaude, et les joyeux soldats mangeant de bon appétit dans une franche camaraderie. Le capitaine savait peu de chose de la vie quotidienne des hommes, et il se la représentait à grand renfort d'imagination. Il s'intéressait au Moyen Âge, et il avait étudié à fond l'histoire de l'Europe aux temps féodaux. Ces souvenirs coloraient l'idée qu'il se faisait de la caserne. À la pensée des deux mille hommes menant la même existence dans des bâtiments autour de la grande cour carrée, il se sentit soudain bien seul. Assis dans l'obscurité de sa voiture, contemplant ces pièces éclairées remplies de soldats, entendant les éclats de voix et les appels bruyants, les larmes lui vinrent aux yeux. La solitude l'étreignit. Il se hâta de rentrer.

À l'arrivée de son mari, Leonora Penderton se reposait dans son hamac à la lisière du bois. Elle entra dans la maison pour aider Susie à finir la cuisine, car ce soir-là ils dînaient chez eux avant d'aller à une réception. Un ami leur avait fait porter une demi-douzaine de cailles et elle voulait préparer un plateau pour Alison, qui avait eu une crise cardiaque lors de leur soirée et gardait le lit depuis plus de quinze jours. Leonora et Susie disposèrent la nourriture sur un grand plateau d'argent : deux cailles et de copieuses portions de légumes variés, dont les jus se mélangeaient au centre de l'assiette. Il y avait aussi de nombreuses friandises et quand Leonora partit, embarrassée par la taille du grand plateau, Susie dut la suivre avec un autre, plus petit, chargé du trop-plein.

– Pourquoi n'as-tu pas ramené Morris dîner chez nous? lui demanda le capitaine à son retour.

– Le pauvre, il était déjà parti. Prendre ses repas au cercle des officiers, tu imagines!

Ils s'étaient habillés pour la soirée et se tenaient au salon, debout devant le feu; une bouteille de whisky et leurs verres étaient posés sur la cheminée. Leonora portait sa robe de crêpe de Chine rouge et le capitaine son smoking. Il était nerveux et faisait continuellement tinter un glaçon dans son verre.

– Écoute donc! dit-il tout à coup. On m'en a raconté une bien bonne, aujourd'hui.

Il plaça son index le long de son nez et un rictus lui découvrit les dents. Le capitaine allait raconter une histoire, et d'avance il en dessinait les grandes lignes. Il avait de l'esprit et une langue acérée.

– Il n'y a pas longtemps, on demande le général au téléphone et, reconnaissant la voix d'Alison, on lui passe tout de suite la communication. « Général, dit une voix très posée, je veux que vous me rendiez le grand service de veiller à ce que ce soldat ne se lève pas pour jouer du clairon à six heures du matin. Cela trouble le repos de Mrs. Langdon. » Suit un long silence. « Excusez-moi, réplique alors le général, mais je ne suis pas sûr de comprendre. » On répète la requête, qui est suivie d'un silence encore plus long. « Dites-moi, finit par demander le général, à qui ai-je l'honneur de parler ? » Et la voix lui répond : « Je suis Anacleto, le *garçon de maison* de Mrs. Langdon. Je vous remercie. »

Le capitaine attendit, impassible, car il n'était pas de ceux qui rient de leurs propres plaisanteries. Mais Leonora ne rit pas non plus : elle paraissait intriguée.

– Qu'est-ce qu'il a dit qu'il était ? demanda-t-elle.

– Il essayait de dire *houseboy* en français.

– Et tu dis qu'Anacleto a téléphoné comme ça pour le réveil à la caserne ? C'est vraiment la meilleure que j'ai jamais entendue. J'ai du mal à le croire.

– Crétine ! Ce n'est pas arrivé pour de bon. C'est juste une blague.

Leonora ne comprenait pas. Les cancans ne l'intéressaient pas. D'abord, elle avait toujours du mal à se représenter une scène qui se déroulait hors de sa présence. De plus, elle était tout à fait dénuée de malice.

– Que c'est vilain ! s'écria-t-elle. Si ce n'est pas vrai, pourquoi se donner la peine de l'inventer ? Cela fait passer Anacleto pour un imbécile. Qui a bien pu inventer cette histoire ?

Le capitaine haussa les épaules et vida son verre. Il avait inventé toutes sortes d'anecdotes ridicules sur Alison et Anacleto, et on en avait bien ri dans la garnison. Il s'amusait beaucoup à faire circuler ces petites histoires et à les perfectionner. Il les lançait discrètement, laissant entendre qu'il n'en était pas l'auteur, mais qu'il les tenait d'une autre source. Ce n'était pas de la modestie, simplement la crainte qu'elles ne finissent par venir aux oreilles de Morris Langdon.

Ce soir, il n'était pas satisfait de sa nouvelle histoire. Seul avec sa femme, la mélancolie qui l'avait saisi dans la voiture devant la caserne illuminée le reprit. Il revoyait les mains brunies et habiles du soldat et il se sentit frissonner.

– À quoi diable penses-tu ? demanda Leonora.

– À rien.

– Tu m'as pourtant l'air vraiment bizarre.

Il était convenu qu'ils prendraient Morris Langdon au passage mais, au moment de partir, ce dernier les invita à venir prendre un verre. Comme Alison se reposait, ils ne montèrent pas à l'étage. Étant déjà en retard, ils restèrent debout devant la table de la salle à manger et se dépêchèrent de vider leurs verres. Anacleto apporta sa cape militaire au commandant, qui portait l'uniforme. Le petit Philippin les suivit jusqu'à la porte et leur dit très gentiment :

– J'espère que vous passerez une agréable soirée.

– Merci, répondit Leonora, vous de même.

Toutefois, le commandant n'était pas si crédule. Il regarda Anacleto d'un air soupçonneux.

Quand celui-ci eut refermé la porte, il se précipita dans le salon et écarta très légèrement le rideau pour observer l'extérieur de la maison. Les trois personnes qu'Anacleto détestait si fort s'étaient arrêtées sur le perron pour allumer des cigarettes. Impatient, Anacleto les suivit des yeux. Tandis qu'ils étaient à la cuisine, il lui était venu une idée lumineuse. Il avait pris trois briques en bordure du massif de roses pour les mettre au bout du trottoir, dans le noir. Il s'imaginait les trois personnages dégringolant comme des quilles. En les voyant traverser la pelouse pour gagner la voiture garée devant chez les Penderton, Anacleto se mordit les doigts de dépit. Il se dépêcha d'aller enlever l'obstacle, car il ne voulait pas que d'autres fussent victimes de son piège.

Cette soirée se passa comme tant d'autres. Les Penderton et le commandant Langdon allèrent danser au club de polo et s'y amusèrent bien. Comme d'habitude, Leonora fut prise d'assaut par les jeunes lieutenants et, sirotant un cocktail, Penderton eut le loisir de confier sa nouvelle histoire à un officier d'artillerie qui passait pour être un bel esprit. Le commandant resta dans le fumoir avec un groupe de copains, à parler pêche, politique et poneys. Il y avait une chasse à courre le lendemain matin, et les Penderton partirent avec le commandant vers les onze heures. À cette heure-là, Anacleto, qui était resté un peu auprès de sa maîtresse et lui avait fait sa piqûre, était couché. Comme Madame Alison, il avait toujours plusieurs oreillers sous la tête, mais disposés de façon si inconfortable qu'il ne dormait jamais bien. Alison somnolait. Dès minuit, le commandant et Leonora dormaient dans leurs chambres respectives. Dans son bureau, le capitaine s'était mis tranquillement au travail. Par cette tiède nuit de novembre, on respirait la saine odeur des pins. Il n'y avait pas de vent et, sur la pelouse, les ombres étaient immobiles et sombres.

C'est à ce moment-là qu'Alison sortit de son demi-sommeil. Elle avait eu plusieurs rêves impressionnants, qui l'avaient ramenée à l'époque de son enfance, et elle luttait pour ne pas recouvrer sa lucidité. Mais ce fut peine perdue, et bientôt elle fut complètement éveillée, les yeux grands ouverts dans le noir. Elle se mit à pleurer, et le bruit étouffé de ses sanglots nerveux lui semblait surgir non d'elle-même, mais d'une mystérieuse âme en peine, quelque part dans la nuit. Elle avait souvent pleuré au cours des deux dernières semaines. Elle était censée garder le lit, car le docteur lui avait dit qu'une nouvelle crise lui serait fatale. Toutefois, elle n'avait pas une haute opinion de son médecin, qu'elle considérait comme un vieux toubib militaire et, par-dessus le marché, comme un parfait crétin. Bien qu'il fût chirurgien, il buvait et, un jour, au cours d'une discussion, il avait soutenu dur comme fer que le Mozambique se trouvait sur la côte ouest de l'Afrique et non sur la côte est. Il avait refusé d'admettre qu'il se trompait jusqu'au moment où Alison avait cherché un atlas; elle faisait peu de cas de ses idées et de ses conseils. Elle ne tenait plus en place, et deux jours plus tôt elle avait eu tellement envie de jouer du piano qu'elle s'était levée, habillée, et qu'elle était descendue pendant qu'Anacleto et son mari étaient sortis. Elle avait été contente de jouer pendant un moment. Elle était remontée très doucement à sa chambre et, malgré sa fatigue, cela n'avait pas eu de fâcheuses conséquences.

L'impression d'être prise au piège – car il lui faudrait sûrement attendre d'être mieux pour mettre ses plans à exécution – la rendait difficile à soigner. Au début on avait pris une infirmière, mais celle-ci et Anacleto ne s'entendaient pas, et elle était partie au bout d'une semaine. Alison ne cessait d'imaginer des choses. Cet après-midi-là, elle avait entendu un enfant du voisinage pousser un cri, comme le font souvent les enfants en jouant, et elle s'était mis en tête qu'il avait été renversé par une voiture. Elle avait immédiatement envoyé Anacleto dans la rue, et même après que celui-ci lui eut affirmé que les enfants jouaient seulement à cache-cache, son angoisse ne s'était pas dissipée. La veille, sentant une odeur de fumée, elle avait été persuadée qu'il y avait le feu. Anacleto avait eu beau fouiller tous les recoins de la maison, elle n'avait pas été tranquillisée. Elle pleurait au moindre bruit inattendu, au moindre incident. Anacleto s'en rongeait les ongles jusqu'au vif, et le commandant évitait le plus possible de rester à la maison.

Or, à minuit, pendant qu'elle pleurait dans le noir, elle eut une autre hallucination. Regardant à la fenêtre, elle vit de nouveau l'ombre d'un homme sur la pelouse des Penderton. Adossé contre un pin, l'homme était parfaitement immobile. Et, tandis qu'elle le regardait, voici qu'il traversa la pelouse et pénétra par la porte de derrière. Elle se demanda, horrifiée, si cet homme, ce rôdeur, n'était pas son mari, s'introduisant clandestinement dans la chambre de Leonora, alors que Weldon était dans la maison, travaillant à son bureau. L'indignation d'Alison fit taire toute considération. Malade de colère, elle se leva pour aller vomir dans la salle de bains. Puis elle jeta un manteau sur sa chemise de nuit et enfila une paire de chaussures.

Elle se rendit sans hésiter chez les Penderton. Elle, qui détestait les scènes par-dessus tout, ne se demanda pas une seconde ce qu'il lui adviendrait dans la situation qu'elle était sur le point de précipiter. Elle franchit la porte d'entrée et la referma à grand bruit. Le vestibule, seulement éclairé par une lampe du salon, était dans la pénombre. Respirant avec difficulté, elle monta l'escalier. La chambre de Leonora était ouverte, et Alison aperçut la silhouette d'un homme accroupi au chevet du lit. Elle avança et alluma la lampe située près de l'entrée.

Surpris par la lumière, le soldat cligna les yeux. Posant la main sur le rebord de la fenêtre, il se releva. Leonora bougea dans son sommeil, marmonna, et se retourna du côté du mur. Alison restait debout dans l'embrasure de la porte, la figure pâle et pétrifiée de stupéfaction. Sans prononcer une parole, elle sortit à reculons.

Pendant ce temps, le capitaine avait entendu la porte d'entrée s'ouvrir et se refermer. Il pressentit quelque chose d'anormal, mais un instinct le retint à son bureau. Il se mit à grignoter la gomme de son crayon, et il attendit nerveusement. Il ne savait à quoi s'en tenir, mais il fut surpris d'entendre frapper à sa porte et, avant d'avoir eu le temps de répondre, Alison était entrée dans le bureau.

– Qu'est-ce donc qui vous amène ici à une heure pareille ? demanda-t-il avec un rire qui sonnait faux.

Alison ne répondit pas sur-le-champ. Elle remonta le col de son manteau autour de son cou. Quand elle parla enfin, ce fut d'une voix éteinte, comme si le choc en avait ôté toute vibration.

– Je crois que vous feriez bien d'aller voir dans la chambre de votre femme, dit-elle.

Le capitaine fut abasourdi par cette déclaration et par l'étrange apparence d'Alison. Mais plus forte que cette tempête intérieure était sa volonté de n'en rien laisser paraître. En un éclair il envisagea toutes sortes d'hypothèses contradictoires. Les paroles d'Alison ne pouvaient avoir qu'un sens: Morris Langdon était dans la chambre de Leonora. Mais non! Ils n'étaient pas à ce point écervelés! Et, sinon, dans quelle position serait-il placé, lui! Le capitaine ébaucha un sourire doucereux. Il ne laissa rien paraître de la fureur, du soupçon et de l'intense contrariété qu'il éprouvait.

– Allons, chère amie, dit-il d'un ton paternel, vous ne devriez pas vous promener dans cet état. Je vais vous reconduire chez vous.

Alison lança au capitaine un long regard perçant, comme si elle tentait de mettre de l'ordre dans ses pensées. Puis elle demanda avec une lenteur insistante :

– Vous n'allez pas me laisser croire que vous êtes au courant et que vous ne faites rien ?

Le capitaine refusait obstinément de perdre son sang-froid.

– Je vais vous ramener, répéta-t-il. Vous n'êtes pas vous-même, et vous ne mesurez pas la portée de vos paroles.

Il se leva précipitamment et prit Alison par le bras. Il eut un mouvement de recul au contact du coude frêle et décharné sous l'étoffe du manteau. Il l'entraîna au bas du perron et lui fit traverser la pelouse. La porte de la maison des Langdon était ouverte, mais le capitaine sonna longuement. Quelques instants plus tard, Anacleto arriva dans le vestibule et, avant de s'en aller, le capitaine vit Morris sortir de sa chambre sur le palier de l'étage. Tout à la fois confus et soulagé, il rentra chez lui, laissant à Alison le soin de s'expliquer ou pas.

Le lendemain matin, le capitaine Penderton ne fut guère surpris d'apprendre qu'Alison Langdon avait complètement perdu l'esprit. À midi, toute la garnison était au courant. On parla de « dépression nerveuse », mais personne n'était dupe. Quand le capitaine et Leonora vinrent proposer leurs services au commandant, ils le trouvèrent debout devant la porte close de la chambre de sa femme, une serviette de toilette sur le bras. Il avait attendu là, patiemment, presque toute la journée. Ses yeux clairs étaient ronds d'étonnement et il ne cessait de se tirer et de se tripoter l'oreille. Quand il descendit accueillir les Penderton, il leur serra la main d'une façon étrangement cérémonieuse et rougit d'un air très embarrassé.

À l'exception du docteur, le commandant Langdon garda pour lui les détails de cette tragédie qui l'avait bouleversée. Alison ne déchirait pas ses draps, elle n'avait pas d'écume à la bouche, comme il imaginait les fous. Revenant en chemise de nuit à une heure du matin, elle s'était bornée à lui dire que Leonora trompait non seulement son mari, mais lui aussi, et avec un simple soldat. Alison avait ajouté qu'elle-même allait demander le divorce, mais que, n'ayant pas d'argent, elle sollicitait du commandant un prêt de cinq cents dollars à un taux d'intérêt de quatre pour cent, avec la caution d'Anacleto et du lieutenant Weincheck. En réponse aux questions ébahies du commandant, elle avait annoncé qu'elle et Anacleto allaient ouvrir un magasin ou acheter un bateau pour pêcher la crevette. Anacleto avait hissé la malle d'Alison dans sa chambre, et il avait passé la nuit à empaqueter les affaires de sa maîtresse sous sa direction. Ils s'interrompaient de temps en temps pour boire du thé chaud et choisir sur une carte l'endroit où ils iraient. Un peu avant l'aube, ils avaient opté pour Moultrieville en Caroline-du-Sud.

Le commandant Langdon était dans tous ses états. Debout dans un coin de la chambre d'Alison, il demeura un long moment à les regarder faire la malle. Il n'osait pas ouvrir la bouche. En fin de compte, lorsque tout ce qu'elle lui avait dit eut pénétré dans sa tête et qu'il fut bien obligé d'admettre qu'elle était folle, il emporta de la chambre les ciseaux à ongles d'Alison et les pinces à feu. Puis il descendit et s'assit à la table de la cuisine avec une bouteille de whisky. Il pleurait et suçait les larmes salées sur les poils de sa moustache. Non seulement il déplorait l'état d'Alison, mais il en avait honte, comme si sa respectabilité en souffrait. Plus il buvait, et plus son malheur lui paraissait incompréhensible. À un moment il leva les yeux au plafond et, dans la cuisine silencieuse, il lança d'une voix retentissante cette supplication :

– Dieu ? ô Dieu… ?

Il se frappa le front sur la table au point de se faire une bosse. Vers six heures et demie du matin il avait bu plus d'un litre de whisky. Il prit une douche, s'habilla et téléphona au docteur d'Alison, qui était médecin-colonel et avec lequel il était ami. Plus tard, on fit venir un autre médecin, on alluma des allumettes sous le nez d'Alison et on lui posa différentes questions. C'est au cours de cet examen que le commandant avait pris cette serviette de toilette dans la salle de bains d'Alison et se l'était posée sur le bras. Ainsi, il avait l'air de se tenir prêt en cas d'urgence, et il en tirait un certain réconfort. Avant de s'en aller, le médecin-colonel tint un long discours, dans lequel le mot « psychologie » revenait fréquemment, tandis que le commandant opinait du chef à la fin de chaque phrase. Le docteur termina en conseillant d'envoyer Alison dans une maison de santé le plus vite possible.

– Mais, déclara le commandant désemparé, pas de camisole de force ni ce genre de trucs. Vous comprenez : un endroit où elle pourra faire marcher le gramophone, un lieu confortable. Vous voyez ce que je veux dire.

Deux jours plus tard, on avait trouvé un endroit en Virginie. Étant donné l'urgence, on avait choisi cet établissement plus en raison de ses tarifs (ils étaient extraordinairement élevés) que pour sa réputation médicale. Alison écouta avec amertume les décisions que l'on avait prises pour elle. Bien sûr, Anacleto l'accompagnerait. Ils partirent tous trois par le train quelques jours plus tard.

Cet établissement de Virginie recevait des patients souffrant d'affections à la fois physiques et mentales. Les maladies qui touchent simultanément le corps et le cerveau sont une catégorie particulière. Il y avait un certain nombre de vieux messieurs qui se traînaient dans un état de confusion totale en surveillant avec minutie les mouvements désordonnés de leurs jambes. Il y avait quelques dames morphinomanes et de nombreux riches alcooliques. Mais, l'après-midi, le thé était servi sur une jolie terrasse, les jardins étaient bien entretenus et les chambres luxueusement meublées; le commandant fut satisfait, et assez fier d'avoir les moyens de payer tout cela.

Alison n'avait d'abord fait aucun commentaire. D'ailleurs, elle ne parla pas du tout à son mari jusqu'au moment où ils vinrent s'asseoir à table pour dîner. Par exception le soir de son arrivée, on l'avait autorisée à dîner à la salle à manger, mais dès le lendemain matin elle devait rester couchée jusqu'à ce que son état cardiaque se soit amélioré. La table était ornée de bougies et de roses de serre. Le service et le linge de table étaient de première qualité.

Alison ne sembla pas remarquer ces belles choses. En prenant place à table, elle embrassa la pièce d'un long regard circulaire. Ses yeux noirs posèrent un regard demeuré perspicace sur les autres convives. Puis, calmement, elle déclara avec une amère délectation :

– Mon Dieu, me voici en belle compagnie !

Le commandant Langdon ne devait jamais oublier ce dîner, car ce fut la dernière fois qu'il vit sa femme. Il partit très tôt le lendemain matin et s'arrêta en route pour passer une nuit à Pinehurst, où demeurait un vieil ami avec lequel il jouait au polo. À son retour à la garnison, un télégramme l'attendait. La seconde nuit suivant son arrivée, Alison était morte d'une crise cardiaque.

Le capitaine Penderton avait eu trente-cinq ans cet automne-là. Malgré sa jeunesse relative, il allait bientôt recevoir ses feuilles d'érable, insignes du grade de commandant ; et dans l'armée, où l'avancement est presque toujours lié à l'ancienneté, cette promotion prématurée constituait un incontestable tribut à ses capacités. Le capitaine était un travailleur acharné et il possédait une brillante intelligence des choses militaires, de telle sorte que bien des officiers, y compris lui-même, pensaient qu'il serait un jour général de haut rang. Cependant, il montrait des signes de surmenage. Cet automne, et plus spécialement au cours des dernières semaines, il paraissait très vieilli. Il avait de grandes poches sous les yeux, le teint jaune et brouillé. Ses dents commençaient à lui donner beaucoup de souci. Son dentiste avait dit qu'il devrait lui extraire deux molaires inférieures et poser un bridge, mais le capitaine remettait ce traitement à plus tard, car il n'avait pas le temps de se faire soigner. Il avait généralement une expression tendue, et sa paupière gauche était agitée d'un tic. Ce clignement spasmodique donnait à son visage crispé une curieuse expression de paralysie.

Il s'efforçait constamment de dominer son agitation. Le soldat Williams était devenu pour lui une obsession maladive. Comme dans le cas d'un cancer où, proliférant sans raison, les cellules finissent par détruire le corps, l'image du soldat prenait dans son esprit des proportions exagérées. Il était parfois effrayé de récapituler les étapes qui l'avaient mis dans cet état, d'abord la tasse de café maladroitement versée sur le pantalon neuf, puis le défrichement de la pelouse, la rencontre après sa chevauchée sur Firebird, enfin les brèves entrevues dans les rues de la garnison. Comment il était passé de l'agacement à la haine, puis de la haine à cette obsession maladive, voilà ce qui défiait la logique du capitaine.

Un curieux songe le hantait. Ayant toujours été très ambitieux, il s'était souvent laissé aller à rêver à ses futures promotions. Encore frais émoulu de West Point, le nom et le titre de « Colonel Weldon Penderton » résonnaient plaisamment à son imagination. Durant le dernier été, il s'était vu comme un puissant et très brillant commandant de corps d'armée. Il lui était même arrivé de se murmurer à haute voie « Penderton, général en chef », et le titre sonnait si bien avec son nom qu'il lui paraissait destiné par droit de naissance. Or, au cours des dernières semaines, ce vain songe s'était bizarrement renversé. Un soir – ou plus exactement à une heure et demie du matin –, il était assis à son bureau, recru de fatigue. Tout à coup, dans la pièce silencieuse, sa langue avait articulé ces trois mots : « Soldat Weldon Penderton. » Et, avec les associations d'idées qu'ils suscitaient, ces mots avaient procuré au capitaine un sentiment délicieux de soulagement et de satisfaction. Au lieu d'ambitionner honneurs et promotions, voici qu'il se livrait au subtil plaisir de s'imaginer en simple soldat. Il se voyait jeune, presque frère jumeau de cet être qu'il détestait, avec un corps souple, allègre, que même l'uniforme sans élégance d'une vulgaire recrue ne pouvait rendre disgracieux, avec une chevelure abondante et brillante, des yeux bien ouverts, que l'étude et la tension n'avaient pas encore ternis. L'image du soldat Williams était mêlée à tous ces songes. Et la caserne y était toujours en arrière-plan ; le brouhaha de jeunes voix masculines, la bonne flânerie au soleil, les insouciants chahuts entre camarades.

Le capitaine avait pris l'habitude d'aller flâner tous les après-midi devant le quartier où était cantonné Williams. Il voyait le soldat assis seul toujours sur le même banc. Marchant sur le trottoir, le capitaine passait à deux mètres du soldat qui, voyant l'officier approcher, se levait à contrecœur et saluait nonchalamment. Les jours diminuaient et, à cette heure de fin d'après-midi, il y avait déjà du crépuscule dans l'air. Un certain temps après le coucher du soleil, une brume aux tons lavande imprégnait l'atmosphère.

Au passage, le capitaine ralentissait et regardait Williams bien en face. Le soldat, il le savait, devait avoir compris qu'il était le but de ces promenades de l'après-midi. Penderton se demandait même pourquoi le soldat n'allait pas dans un autre endroit afin de l'éviter. Le fait que ce dernier persistât dans ses habitudes donnait à leurs contacts quotidiens une saveur de rendez-vous qui piquait l'imagination du capitaine. Une fois qu'il avait dépassé le soldat, il dominait son envie de revenir sur ses pas et, en s'éloignant, il sentait son cœur se gonfler d'une cruelle nostalgie contre laquelle il était impuissant.

De petits changements avaient eu lieu dans la maison du capitaine. Le commandant Langdon s'était attaché aux Penderton comme un troisième membre du ménage, ce qui convenait aussi bien au capitaine qu'à Leonora. La mort de sa femme l'avait laissé complètement abasourdi et désemparé. Il avait changé, même physiquement. Il avait perdu sa belle jovialité et, quand tous trois étaient assis le soir devant le feu, il semblait vouloir s'installer dans les positions les plus empruntées et les plus inconfortables possible. Il s'enroulait les jambes l'une sur l'autre comme un contorsionniste ou bien, l'une de ses lourdes épaules relevée, il se pétrissait l'oreille. Ses pensées et ses paroles se concentraient entièrement sur Alison, et la partie de son existence qui venait de s'achever si brutalement. Il se laissait aller à de consternantes platitudes à propos de Dieu, de l'âme, de la souffrance et de la mort : sujets qui, auparavant, le rendaient muet d'embarras. Leonora s'occupait de lui, lui préparait d'excellents repas et prêtait une oreille patiente à toutes ses remarques lugubres.

– Si seulement Anacleto revenait, disait-il souvent.

Car Anacleto avait quitté la maison de santé au lendemain de la mort d'Alison, et personne n'avait de ses nouvelles. Il avait remis en ordre les bagages de sa maîtresse, puis il avait disparu. Pour le remplacer auprès du commandant, Leonora avait engagé l'un des frères de Susie, capable de cuisiner. Il y avait des années que le commandant désirait un domestique de couleur, normal, qui peut-être lui chiperait du whisky et laisserait de la poussière sous le tapis, mais qui, nom d'un chien, ne tripoterait pas le piano et ne baragouinerait pas en français. Le frère de Susie était un brave garçon ; il faisait de la musique sur un peigne garni de papier hygiénique, il se soûlait et faisait bien le pain de maïs. Toutefois, le commandant n'éprouva pas la satisfaction qu'il attendait. À bien des égards Anacleto lui manquait, et il était plein de remords envers lui.

– Vous savez, je poussais Anacleto à bout en lui disant ce que je lui ferais si j'arrivais à le faire entrer dans l'armée. Mais vous ne pensez pas que ce petit brigand me croyait vraiment, n'est-ce pas? C'était pour le faire marcher… mais dans un sens, je trouvais que l'armée lui aurait fait le plus grand bien.

Le capitaine se lassait d'entendre parler d'Alison et d'Anacleto. Dommage que ce petit animal de Philippin n'ait pas eu, lui aussi, une bonne crise cardiaque. Penderton trouvait à redire à tout ce qui se passait dans la maison. Il jugeait particulièrement détestable la lourde nourriture du Sud, que Leonora et Morris appréciaient. La cuisine était sale, et Susie la dernière des souillons. Le capitaine était un gourmet et, pour un amateur, il savait préparer de bons plats. Il appréciait la subtile cuisine de La Nouvelle-Orléans et l'équilibre harmonieux et délicat des mets français. À une lointaine époque, quand il était seul chez lui, il allait souvent à la cuisine se préparer un bon petit plat, juste pour le plaisir. Il aimait beaucoup le filet de bœuf à la béarnaise. Cependant le capitaine était difficile et maniaque; si le tournedos était trop cuit, ou si la sauce avait un coup de feu et n'était pas parfaitement onctueuse, il emportait le tout dans le jardin, creusait un trou et enterrait le corps du délit. À présent il avait perdu le goût de la nourriture. Cet après-midi même, Leonora était allée au cinéma, et il avait donné congé à Susie. Il s'était dit qu'il aimerait faire un peu de cuisine. Mais alors qu'il était en train de préparer une rissole, il s'en était brusquement désintéressé, il avait laissé tout en plan, et il était sorti se promener.

– Je vois d'ici Anacleto en corvée de cuisine, dit Leonora.

– Alison croyait que j'abordais ce sujet par simple cruauté, reprit le commandant, mais ce n'était pas le cas. Anacleto n'aurait pas été heureux dans l'armée, non; pourtant elle en aurait fait un homme, elle l'aurait débarrassé de tous ses enfantillages. J'ai toujours trouvé lamentable qu'un adulte de vingt-trois ans s'amuse à se trémousser en musique et à barbouiller avec de la peinture à l'eau. Dans l'armée, il aurait sans doute souffert d'être éreinté, mais cela eût mieux valu pour lui.

– Estimes-tu, lui demanda Penderton, qu'il est condamnable de se réaliser en dehors de la normale, et qu'il faut interdire aux gens de se rendre heureux dans ces conditions ? Ou, en d'autres termes, que, pour des raisons morales, il vaut mieux s'escrimer à entrer dans le moule uniforme que de tenter de trouver chaussure à son pied ?

– C'est exactement cela. Tu n'es pas d'accord avec moi ?

– Non, répondit le capitaine après une brève pause.

Avec une terrifiante lucidité, le capitaine examinait soudain le tréfonds de son âme. Pour la première fois, il ne se voyait pas avec le regard des autres ; il se voyait semblable à un pantin contorsionné, minable d'aspect, et de forme grotesque. Il s'attarda sans indulgence sur cette image. Il l'acceptait sans tenter de la modifier ni se chercher d'excuses.

– Non, répéta-t-il distraitement, je ne suis pas d'accord.

Le commandant Langdon rumina cette réponse inattendue, mais il abandonna le sujet. Il avait toujours du mal à poursuivre une idée quelconque, une fois qu'il en avait exprimé l'essentiel. Hochant la tête, il revint à ses propres préoccupations.

– Un jour, dit-il, je m'étais éveillé avant l'aube, j'ai vu de la lumière dans sa chambre et je suis entré. J'ai trouvé Anacleto assis sur le bord du lit, et ils étaient tous les deux, les yeux baissés, en train de s'amuser de quelque chose. Et que faisaient-ils ?

Ici, le commandant pressa ses doigts obtus contre le globe de ses yeux et hocha de nouveau la tête.

– Ah oui… Ils laissaient tomber de petits trucs dans un bol plein d'eau. Une cochonnerie japonaise qu'Anacleto avait achetée dans une boutique à deux sous : ces fragments qui s'ouvrent comme des fleurs, une fois dans l'eau. Et voilà à quoi ils passaient leur temps, assis là à quatre heures du matin. Sur le coup ça m'a énervé et, quand j'ai trébuché sur les pantoufles d'Alison auprès du lit, je me suis emporté et j'ai donné un coup de pied qui a tout fichu en l'air à l'autre bout de la pièce. Alison m'en a voulu, et elle m'a battu froid pendant plusieurs jours. Anacleto a versé du sel dans le sucrier avant de me monter mon café. C'était triste, toutes ces nuits où elle a dû souffrir.

– Ce qu'on nous donne, on nous le reprend, fit Leonora, dont les intentions valaient mieux que sa connaissance des Écritures.

Leonora avait légèrement changé au cours des semaines précédentes. Elle touchait à la plénitude de sa maturité. En peu de temps, son corps semblait avoir perdu de sa souplesse juvénile. Sa figure s'était élargie et, détendue, son expression reflétait une paresseuse tendresse. On aurait dit une femme qui a eu plusieurs bébés bien portants et en attend un autre à huit mois de là. Son teint conservait son grain délicat et son aspect de santé, et, bien qu'elle eût pris du poids, sa silhouette n'avait rien de flasque. La mort de l'épouse de son amant l'avait atterrée. Elle avait été si émue à la vue du corps dans son cercueil que, pendant plusieurs jours après l'enterrement, elle parla à voix basse, même pour commander des provisions au magasin de la garnison. Elle traitait le commandant avec une douceur rêveuse et lui répétait toutes les heureuses anecdotes dont elle pouvait se souvenir à propos d'Alison.

– Au fait, dit brusquement le capitaine, je ne puis m'empêcher de songer à cette fameuse nuit, quand elle est venue ici. Dans ta chambre, Leonora, que t'a-t-elle raconté ?

– Je t'ai dit que j'ignorais même qu'elle était venue. Elle ne m'a pas réveillée.

Mais le capitaine Penderton restait inquiet sur ce chapitre. Plus il se remémorait la scène dans son bureau, plus il la trouvait bizarre et troublante : il ne mettait pas en doute les paroles de Leonora car, lorsqu'elle mentait, tout le monde s'en apercevait immédiatement. Mais qu'est-ce qu'Alison avait voulu dire, et lui, en rentrant, pourquoi n'était-il pas monté voir ? Il croyait en connaître obscurément la raison, dans les replis de sa conscience. Mais plus il y réfléchissait, plus son malaise augmentait.

Leonora présenta devant le feu ses mains d'écolière, toutes roses.

– Un jour, dit-elle, je me rappelle que j'ai vraiment été surprise. C'était quand nous avions pris la voiture pour aller tous ensemble en Caroline-du-Nord, cet après-midi, après avoir mangé ces bonnes perdrix chez ton ami, Morris. Alison, Anacleto et moi marchions sur la route et un petit garçon est passé, menant son cheval de labour, en réalité une sorte de mulet. Mais la tête de ce vieux canasson avait plu à Alison et elle a voulu le monter sur-le-champ. Elle a fait du charme au petit bouseux et, après avoir grimpé sur une palissade, elle a enfourché l'animal, sans selle, et avec sa robe. Tu imagines ! Je crois que le cheval n'avait pas été monté depuis des années, et Alison n'était pas plus tôt sur lui qu'il s'est couché et a commencé à la secouer. J'ai cru que c'était la fin d'Alison Langdon, et j'ai fermé les yeux. Mais le croirais-tu ? Une minute après, voilà qu'elle avait relevé le cheval et trottait autour du champ comme si de rien n'était. Toi, Weldon, jamais tu n'aurais pu faire ça. Et Anacleto courait dans tous les sens comme un fou. Ciel ! qu'on s'est amusés... Je n'ai jamais été aussi surprise.

Le capitaine Penderton bâilla, non parce qu'il avait sommeil, mais parce que l'allusion de Leonora à ses talents de cavalier l'avait vexé, et qu'il voulait se montrer impoli. Leonora et lui avaient eu des scènes à propos de Firebird. Depuis l'affolante chevauchée, le cheval n'était plus tout à fait le même, et Leonora s'en était violemment prise à son mari. Mais les événements des deux dernières semaines avaient contribué à réduire la vivacité de leur antagonisme, et le capitaine était sûr que Leonora finirait par ne plus y penser.

Le commandant Langdon conclut la conversation de la soirée par l'un de ses aphorismes préférés :

– Maintenant, il n'y a plus pour moi que deux choses importantes : être un bon animal et servir mon pays. Santé et patriotisme.

En cette période, la maison du capitaine Penderton n'était pas le lieu idéal pour un homme en proie à une vive crise mentale. Auparavant, le capitaine aurait trouvé ridicules les lamentations de Morris Langdon. Mais, maintenant, une atmosphère de mort imprégnait la maison. Il avait l'impression que, en plus de la mort d'Alison, leurs existences à tous trois étaient de façon mystérieuse parvenues à leur terme. Son ancienne crainte de voir Leonora divorcer pour partir avec Morris avait cessé de le tourmenter. Et l'attirance qu'il éprouvait naguère pour le commandant n'était plus qu'une velléité, comparée à ses sentiments pour le soldat.

La maison elle-même était devenue une source d'irritation pour le capitaine. L'ameublement était hétéroclite. Il y avait dans le salon un canapé conventionnel, recouvert de chintz à fleurs, deux fauteuils, une carpette d'un rouge criard et un secrétaire ancien. Tout cela était d'un commun que le capitaine trouvait détestable. Les rideaux de guipure étaient laids et défraîchis, et la cheminée décorée d'un fouillis de bibelots : une procession d'éléphants imitation ivoire, une belle paire de bougeoirs en fer forgé, une statuette peinte figurant un négrillon mordant dans une tranche de pastèque, et un vase mexicain en verre teinté bleu, dans lequel Leonora avait mis de vieilles cartes de visite. À force de bouger, tout ce mobilier était devenu un peu branlant, et l'impression d'accumulation et de mièvrerie féminine exaspérait tellement le capitaine qu'il évitait le plus possible de pénétrer dans la pièce. Il éprouvait une profonde et secrète nostalgie pour la caserne, revoyant en imagination les lits de camp nettement alignés, le parquet nu et les sévères fenêtres sans rideaux. Contre le mur de cette pièce imaginaire, ascétique et austère, il y avait pour une raison inexplicable un bahut ancien sculpté avec des baguettes de cuivre.

Au cours de ses longues promenades en fin d'après-midi, le capitaine Penderton se trouvait dans une très vive excitation, proche du délire. Il avait l'impression de dériver, d'être retranché de toute influence humaine, et il portait, nichée en lui, l'image du jeune soldat, comme une sorcière qui serrerait une amulette contre son sein. Il se sentait particulièrement vulnérable. En dépit de son sentiment d'isolement, ce qui attirait son attention lors de ses promenades prenait pour lui une importance démesurée. Tout ce qu'il pouvait voir, même les choses les plus banales, lui semblait avoir quelque mystérieux rapport avec son destin. Ainsi lui suffisait-il d'apercevoir un moineau dans le caniveau pour rester pendant plusieurs minutes à contempler ce spectacle banal. Il avait depuis quelque temps perdu la capacité élémentaire de hiérarchiser instinctivement ses impressions sensorielles en fonction de leur intérêt relatif. Un après-midi, il vit un camion entrer en collision avec une voiture. Mais cet accident sanglant ne l'impressionna pas davantage que la vue, quelques minutes plus tard, d'un morceau de journal emporté par le vent.

Il avait de longue date cessé de mettre ses sentiments pour le soldat Williams sur le compte de la haine. Et il n'essayait plus de justifier l'émotion qui le possédait. Il ne s'agissait plus pour lui d'amour ou de haine ; il éprouvait seulement le besoin irrésistible de briser la barrière qui les éloignait l'un de l'autre. Quand il apercevait de loin le soldat sur son banc devant la caserne, il avait envie de lui crier quelque chose, ou de le frapper du poing, pour que la violence l'oblige à réagir. Cela faisait bientôt deux ans qu'il avait vu le soldat pour la première fois. Plus d'un mois s'était écoulé depuis que celui-ci avait été chargé de la corvée d'éclaircir le bois. Et pendant tout ce temps, c'est à peine s'ils avaient échangé plus d'une douzaine de paroles.

L'après-midi du 12 novembre, le capitaine Penderton sortit comme d'habitude. Sa journée avait été fatigante. Dans la salle de cours pendant la matinée, alors qu'il expliquait au tableau un problème de tactique, il avait eu un inexplicable accès d'amnésie. Il s'était interrompu au milieu d'une phrase, l'esprit vide. Il avait non seulement oublié comment il devait terminer sa conférence, mais il avait l'impression de n'avoir jamais vu les élèves officiers assis devant lui. Il voyait clairement dans sa tête le visage du soldat Williams, et rien d'autre. Il resta quelques instants figé sur place, craie en main. Il finit par recouvrer assez de lucidité pour congédier l'auditoire. Heureusement, ce trou de mémoire s'était produit alors que la conférence était presque à son terme.

Le capitaine avançait d'un pas très raide sur l'un des trottoirs qui menaient au quadrilatère de la caserne. Le temps, ce jour-là, était exceptionnel. Il y avait dans le ciel des nuages d'orage menaçants, mais l'horizon était clair, baigné des derniers rayons de soleil. Le capitaine balançait les bras, comme s'ils ne voulaient pas se plier aux coudes; il gardait les yeux fixés sur le bas de son pantalon d'uniforme et ses étroites chaussures parfaitement cirées. Il leva les yeux juste au moment où il arrivait au banc où était assis le soldat Williams et, après l'avoir fixé du regard pendant quelques secondes, il s'avança vers lui. Paresseusement, le soldat se mit au garde-à-vous.

– Soldat Williams, dit le capitaine.

Le soldat attendit, mais Penderton s'arrêta. Il avait eu l'intention de réprimander Williams pour violation des règlements concernant l'uniforme. En se rapprochant, il lui avait semblé que la tunique du soldat n'était pas boutonnée convenablement. Au premier abord, le soldat donnait toujours l'impression qu'il manquait quelque chose à son uniforme, ou qu'il en avait négligé un détail important. Mais quand il lui fit face, l'officier constata qu'il n'y avait rien à redire. Cette impression de relâchement tenait à la conformation physique du soldat, et non à une infraction caractérisée au code militaire. Une fois de plus, le capitaine demeura sans voix et haletant en face du jeune homme. Dans son cœur bouillonnait une tirade incohérente d'imprécations, de mots d'amour, de supplications et d'insultes. Mais, à la fin, il tourna les talons sans avoir prononcé un seul mot.

La pluie, qui menaçait, tarda jusqu'à ce que le capitaine fût presque de retour chez lui. Ce n'était pas une maigre pluie d'hiver, mais la trombe rugissante d'un orage d'été. Le capitaine se trouvait à vingt mètres de sa porte quand il reçut les premières gouttes. Un petit sprint l'aurait facilement mis à l'abri. Mais il ne hâta pas son pas traînant, même lorsque l'averse glaciale le transperça. Quand il ouvrit la porte, il avait les yeux brillants et il grelottait.

Dès qu'il sentit que le temps tournait à la pluie, le soldat Williams rentra à la caserne. Il alla s'asseoir dans la salle de repos jusqu'à l'heure du souper et, dans la tapageuse exubérance du réfectoire, il fit alors, sans se presser, un copieux repas. Ensuite il prit dans son casier un sac de bonbons assortis. Tout en mâchonnant un marshmallow, il se rendit aux latrines, où il provoqua une bagarre. Au moment où il était entré, toutes les cabines étaient occupées, sauf une, et il y avait devant lui un soldat en train de déboutonner son pantalon. Mais à l'instant où le soldat allait s'asseoir, Williams l'écarta brutalement pour lui prendre la place. Un petit attroupement se forma autour des combattants. Dès le début, sa rapidité et sa force avaient donné le dessus à Williams. Son expression ne reflétait ni l'effort ni la colère – ses traits demeuraient impassibles, seules la sueur qui perlait à son front et la fixité de son regard trahissaient l'intensité de ses efforts. Il tenait son adversaire à sa merci et l'issue était proche, quand il lâcha brusquement prise. Le combat parut ne plus l'intéresser le moins du monde, et il ne prit même pas la peine de se défendre. Il reçut une bonne correction, et on lui frappa méchamment la tête contre le sol de ciment. Au bout du compte, il se releva en titubant et quitta les latrines sans les avoir utilisées.

Ce n'était pas la première bagarre que Williams avait provoquée. Au cours des deux semaines précédentes, il était resté tous les soirs à la caserne et y avait causé beaucoup de désordre. C'était pour ses camarades de caserne une facette de sa personnalité qu'ils n'avaient pas soupçonnée. Il restait assis et silencieux des heures durant, puis, brusquement, il se livrait à quelque geste inexcusable. Il ne se promenait plus dans la forêt à ses heures de loisir et, la nuit, il dormait mal, dérangeant ses camarades par des grognements dans ses cauchemars. Toutefois, personne ne se préoccupait de ses singularités. Beaucoup d'hommes avait un comportement bien plus bizarre que le sien. Un vieux caporal écrivait chaque soir une lettre à Shirley Temple pour lui narrer sous forme de journal tout ce qu'il avait fait au cours de la journée, puis postait sa lettre le lendemain matin avant le petit-déjeuner. Un autre soldat, au bout de dix ans de service, avait sauté d'une fenêtre du troisième étage parce qu'un copain avait refusé de lui prêter cinquante cents pour acheter une bière. Un cuisinier de la même section était hanté par l'idée qu'il avait un cancer de la langue, en dépit des dénégations les plus catégoriques du médecin. Il restait pendant des heures devant une glace, à tirer la langue jusqu'à la racine, et il était complètement décharné à force de se priver de nourriture.

Après la bagarre, le soldat Williams gagna le dortoir et s'allongea sur son lit. Il mit le sac de bonbons sous son oreiller et regarda fixement le plafond. Dehors, la pluie s'était apaisée et il faisait nuit. De vagues rêveries traversaient l'esprit du soldat. Il pensait au capitaine, mais dans une suite d'images mentales dépourvues de signification. Pour ce jeune homme originaire du Sud, les officiers se rangeaient dans la même vague catégorie que les nègres : ils avaient une place dans sa vie, mais il ne les envisageait pas comme des humains. Il acceptait le capitaine avec le même fatalisme que le temps qu'il fait ou qu'un quelconque phénomène naturel. Si l'on pouvait trouver inattendu le comportement du capitaine, ce comportement n'avait aucune incidence sur la conscience du soldat. Il ne s'en demandait pas la raison, pas plus qu'il ne s'interrogeait sur la raison d'un orage ou du déclin d'une fleur.

Il ne s'était pas approché de la demeure du capitaine Penderton depuis la nuit où l'on avait allumé la lampe et où la femme brune, debout à la porte de la chambre, l'avait regardé. Sur le coup, il avait eu très peur, mais cela avait été une peur plus physique que mentale, inconsciente plus que réfléchie. Quand il avait entendu que l'on refermait la porte d'entrée, il avait jeté dehors un coup d'œil prudent et constaté que la voie était libre. Une fois en sûreté dans le bois, il avait couru comme un fou, silencieusement, sans pourtant savoir précisément ce qu'il redoutait.

Mais le souvenir de la femme du capitaine n'était pas sorti de son esprit. Toutes les nuits, il rêvait de la Dame. Un jour, peu de temps après s'être engagé, il avait eu une intoxication alimentaire et on l'avait hospitalisé. À la pensée de cette mauvaise maladie que les femmes communiquent, il frissonnait sous ses couvertures chaque fois que les infirmières s'approchaient de lui. Il avait souffert en silence des heures durant, plutôt que de leur demander un service. Mais il avait touché la Dame, et cette maladie ne lui faisait plus peur. Tous les jours il étrillait et sellait Firebird, puis il regardait la Dame s'éloigner sur le cheval. Le matin de bonne heure, l'air était vif et la femme du capitaine était toute rose et pleine d'entrain. Elle avait toujours une petite plaisanterie ou une parole amicale pour Williams, mais jamais il ne la regardait directement, jamais il ne répondait à ses plaisanteries.

Lorsqu'il pensait à elle, il ne l'associait pas à l'écurie ou au grand air. Il la voyait toujours dans cette chambre où, la nuit, il la contemplait avec tant d'attention. Son souvenir de ces instants était purement sensuel. Il y avait l'épaisse carpette sous ses pieds, le couvre-lit de soie, la subtile odeur du parfum. Il y avait la douce et capiteuse tiédeur de cette chair féminine, les ténèbres silencieuses, et aussi, dans son cœur, cette nouvelle volupté et la tension de tout son corps tandis qu'il se tenait là, accroupi à son chevet. Maintenant qu'il avait connu cela, il ne pouvait plus s'en priver; en lui s'était insinué un désir sombre et aveugle, dont l'assouvissement était aussi inéluctable que la mort.

À minuit, la pluie cessa. Il y avait longtemps que l'on avait éteint les lumières dans la caserne. Le soldat Williams ne s'était pas déshabillé et, après la fin de l'averse, il enfila ses tennis et sortit. Pour se rendre à la maison du capitaine, il suivit son itinéraire habituel, longeant le bois qui entourait la garnison. Mais c'était une nuit sans lune, et le soldat marchait plus rapidement que d'habitude. À un endroit il s'égara et, lorsqu'il finit par arriver à la maison du capitaine, il eut un accident. Dans l'obscurité, il fit une chute dans ce qu'il prit d'abord pour un puits profond. Afin de s'orienter, il craqua quelques allumettes et vit qu'il était tombé dans un trou creusé récemment. La maison était obscure, et le soldat, maintenant couvert d'égratignures, de boue, et hors d'haleine, attendit quelques instants avant d'entrer. Il était déjà venu six fois, cette fois-ci était la septième et ce devait être la dernière.

Le capitaine était debout, près de la fenêtre du fond de sa chambre à coucher. Il avait pris trois cachets, mais il ne trouvait toujours pas le sommeil. Le cognac qu'il avait bu l'avait un peu enivré, il était légèrement drogué, mais rien de plus. Lui, qui aimait tant le luxe et prenait tant de soin au choix de ses vêtements, choisissait les vêtements de nuit les plus grossiers. Il portait un surtout de laine noire rugueuse digne d'une gardienne de prison devenue veuve. Son pyjama était de tissu non décati, raide comme une toile de tente. Et il était pieds nus sur le plancher pourtant glacial.

Le capitaine prêtait l'oreille au murmure du vent dans les pins, quand il aperçut le jaillissement d'une toute petite flamme dans la nuit. Le vent l'éteignit l'instant d'après, mais le capitaine avait eu le temps de reconnaître un visage. Et ce visage, éclairé par la flamme sur un fond de ténèbres, lui coupa le souffle. Il continua d'observer, et distingua vaguement la silhouette qui traversait la pelouse. Le capitaine agrippa le devant de son surtout et pressa la main contre sa poitrine. Il ferma les yeux et attendit.

Tout d'abord aucun bruit ne parvint jusqu'à lui. Puis il entendit, ou plutôt devina, les pas feutrés qui montaient prudemment l'escalier. Par l'entrebâillement de sa porte il put apercevoir une sombre silhouette. Il murmura quelque chose, mais sa voix était si basse et sifflante qu'elle se confondait avec le bruit du vent au-dehors.

Le capitaine Penderton attendit. Les yeux clos, il resta sur place, anxieux. Puis il avança de nouveau dans le vestibule et vit, se dessinant sur la pâleur grise de la chambre de sa femme, celui qu'il désirait tant trouver. Le capitaine devait ensuite se dire qu'en cet instant il avait tout compris. Il est vrai que, dans les moments où nous attendons de subir quelque grand choc dont nous ignorons la nature, notre esprit s'y prépare d'instinct en abandonnant provisoirement la capacité d'être surpris. En cet instant vulnérable, un kaléidoscope de possibilités juste entrevues se présente à nous et, une fois que la catastrophe a pris une forme précise, nous avons l'impression d'avoir tout compris d'avance de façon surnaturelle. Le capitaine saisit son pistolet dans le tiroir de sa table de chevet, traversa le vestibule et alluma dans la chambre de sa femme. En accomplissant ce geste, il se remémora quelques vagues fragments d'images à demi oubliées : une ombre à la fenêtre, un certain bruit nocturne. Il se dit qu'il savait tout. Mais ce tout, il ne pouvait pas le décrire. Il n'avait qu'une seule certitude : c'était la fin.

Le soldat n'eut pas le temps de se tirer de sa posture accroupie. La lumière lui fit cligner les yeux et ses traits ne reflétèrent aucune peur ; il paraissait ahuri et indigné, comme si on s'était permis de le déranger sans raison. Le capitaine était bon tireur, et ses deux coups ne laissèrent qu'un seul trou sanglant au milieu de la poitrine du soldat.

Au bruit des détonations, Leonora s'éveilla en sursaut. Encore à demi endormie, elle regarda autour d'elle, comme si elle contemplait une scène de théâtre, une tragédie macabre, mais à laquelle on pouvait ne pas croire. Presque aussitôt, le commandant Langdon vint frapper à la porte de service et, en pantoufles et robe de chambre, il grimpa rapidement l'escalier. Le capitaine s'était affalé contre le mur. Vêtu de son drôle de surtout d'étoffe grossière, il faisait songer à quelque moine paillard, épuisé. Même dans la mort, une impression de tiède confort animal se dégageait du corps du soldat. Son visage grave n'avait pas changé, et ses mains brunies par le soleil reposaient sur le tapis, paumes ouvertes, comme dans le sommeil.

DANS LA MÊME COLLECTION
(Extrait du catalogue)

Abé Kôbô
La face d'un autre.
La femme des sables.
L'homme-boîte.
Le plan déchiqueté.

Allende Isabel
Les contes d'Eva Luna.

Amado Jorge
La bataille du Petit-Trianon.
Cacao.
Les deux morts de Quinquin-la-Flotte.
Le vieux marin.

Anderson Sherwood
Tar.

Ariyoshi Sawako
Kaé ou les deux rivales.
Les dames de Kimoto.
Les années du crépuscule.

Baldwin James
Si Beale Street pouvait parler.
Harlem Quartet.

Ballard J.G.
La bonté des femmes.
Fièvre guerrière.

Bang Herman
Tine.
Maison blanche. Maison grise.

Barnes Julian
Le perroquet de Flaubert.
Le soleil en face.

Bellatin Mario
Salon de beauté.

Bernières Louis de
La guerre des fesses de don Emmanuel.
Señor Vivo et le baron de la coca.
La calamiteuse progéniture du cardinal Guzman.

Blixen Karen
Sept contes gothiques.

Bounine Ivan
Le monsieur de San Francisco.
Le village.
Le sacrement de l'amour.

Brink André
Un turbulent silence.
Le mur de la peste.

Capek Karel
La vie et l'œuvre du compositeur Foltyn.

Carver Raymond
Les vitamines du bonheur.
Tais-toi, je t'en prie.
Parlez-moi d'amour.

Claus Hugo
L'étonnement.

D'Annunzio Gabriele
Terre vierge.
Triomphe de la mort.

Desai Anita
Un héritage exorbitant.

Ditlevsen Tove
Printemps précoce.

Fujiwara Tomomi
Le conducteur de métro *suivi de* Échec au roi.

Garcia Morales Adelaïda.
Le silence des sirènes.

Geiszler Horst
Cher Augustin.

Gorki Maxime
Tempête sur la ville.

Goytisolo Juan
Paysages après la bataille.
Chasse gardée.
Les royaumes déchirés.

Graves Robert
King Jesus.

Hackl Erich
Le mobile d'Aurora.

Haïk Farjallah
L'envers de Caïn.
Joumana.

Han Suyin
Ton ombre est la mienne.

Herlihy James Leo
Macadam cow-boy.

Hesse Hermann
Demian.

Hoffmann E.T.A.
Nouvelles musicales.
Les Élixirs du diable.

Inoué Yasushi
Confucius
Les chemins du désert.
Combat de taureaux.
Le faussaire.
Le fusil de chasse.
Histoire de ma mère.
Le maître de thé.
La chasse dans les collines.
Pluie d'orage.

Jacobsen Jen Peter
Niels Lyhne.

James Henry
L'autel des morts.
Les papiers de Jeffrey Aspern.
Le regard aux aguets.
Daisy Miller.
Le tour d'écrou.
Impressions d'une cousine.
L'Américain.
Roderick Hudson.

Johnson Eyvind
Le roman d'Olof.

Kadaré Ismail
Récits d'outre-temps.
Les adieux du mal.
Le firman aveugle.
Concours de beauté masculine.
La ville sans enseignes.

Kaniuk Yoram
Confessions d'un bon Arabe.

Kästner Erich
Trois hommes dans la neige.

Kazan Elia
America, America.

Kesey Ken
Vol au-dessus d'un nid de coucou.

Kharitonov Mark
Prokhor Menchoutine.

Kiš Danilo
Le luth et les cicatrices.

Kivi Aleksis
Les sept frères.

Lagerkvist Pär
Le bourreau.
Contes cruels.
La mort d'Ahasverus.
Le nain.
La sibylle.
L'exil de la terre.

Lagerlöf Selma
L'anneau du pêcheur.
Les écus de messire Arne.
L'empereur du Portugal.
Jérusalem en Dalécarlie.
Jérusalem en Terre sainte.
La légende de Gösta Berling.

Lange Hartmut
Une fatigue.

Lawrence D.H.
Ile, mon île.
Le renard.
Matinées mexicaines.

Luxun
Journal d'un fou.

McCarthy Mary
L'oasis et autres récits.

McCullers Carson
Le cœur hypothéqué.
Frankie Addams.
Reflets dans un œil d'or.
La ballade du café triste.
L'horloge sans aiguilles.

Malerba Luigi
Clopes.
Le feu grégeois.
Les pierres volantes.

Mann Thomas
Tonio Kröger.
La mort à Venise.

Mansfield Katherine
Cahier de notes.
La garden-party.
Lettres.
Pension allemande.

Martinson Harry
Voyages sans but.

Meras Icchokas
La partie n'est jamais nulle.

Meyrink Gustav
Le Golem.

Miller Henry
Virage à 80.
Max et les phagocytes.
Dimanche après la guerre.
Entretiens de Paris.
Tropique du Capricorne.

Nabokov Vladimir
Don Quichotte.
Austen, Dickens, Flaubert, Stevenson.
Proust, Kafka, Joyce.
Gogol, Tourguéniev, Dostoïevski.
Tolstoï, Tchekhov, Gorki.

Nasreen Taslima
Lajja.
Scènes de mariage.

Nicolson Nigel
Portrait d'un mariage.

Nin Anaïs
Les miroirs dans le jardin.
Les enfants de l'Albatros.
Les chambres du cœur.
Une espionne dans la maison de l'amour.
La séduction du Minotaure.

Oates Joyce Carol
Solstice.
Confessions d'un gang de filles.
Nous étions les Mulvaney.

O'Brien Edna
Qui étais-tu Johnny ?
Les grands chemins.
Lanterne magique.

O. Henry
New York tic tac.

Olivia
Olivia par Olivia.

Ozick Cynthia
La galaxie cannibale.

Pa kin
Le secret de Robespierre.

Penn Warren Robert
La grande forêt.
Les fous du roi.

Perutz Leo
Turlupin.

Pingwa Jia
Le porteur de jeunes mariées.

Prawer Jhabwala Ruth
Chaleur et poussière.
La vie comme à Delhi.
Cette lutte incertaine.

Purdy James
L'oiseau de paradis.

Queiroz Rachel de
L'année de la grande sécheresse.

Radičević Branko
Le trou de la serrure.

Ribeiro Aquilino
Casa Grande.

Sackville-West Vita
Escales sans nom.

Savinio Alberto
La maison hantée.

Schnitzler Arthur
Madame Béate et son fils.
Mademoiselle Else.
Mourir.
La pénombre des âmes.
La ronde.
Vienne au crépuscule.
L'étrangère.

Scott Walter
La fiancée de Lammermoor.

Singer Isaac Bashevis
Amour tardif.
La corne du bélier.
Le domaine.
Le manoir.
Ennemies.
Yentl.
L'esclave.
Le fantôme.
Au tribunal de mon père.
Le blasphémateur.
Le beau monsieur de Cracovie.

Spark Muriel
Le pisseur de copie.
L'unique problème.
Memento mori.
L'appropriation.
Robinson.
L'abbesse de Crewe.
Demoiselles aux moyens modestes.

Stangerup Henrik
Lagoa Santa.
Le séducteur.

Tanizaki Junichiro
Deux amours cruelles.

Tekin Latife
Contes de la montagne d'ordures.

Tevis Walter
La couleur de l'argent.

Thomson Rupert
L'Église de Monsieur Eiffel.

Tolstoï Léon
La mort d'Ivan Ilitch.
Un cas de conscience.

Tolstoï Comte Léon L.
La vérité sur mon père.

Tourguenieff Ivan
L'abandonnée.
L'exécution de Troppmann.
Fumée.
Journal d'un homme de trop.
Dimitri Roudine.

Traven B.
Le visiteur du soir.

Tyler Anne
Toujours partir.

Uhlman Fred
Il fait beau à Paris aujourd'hui.
La Lettre de Conrad.

UNDSET SIGRID
L'âge heureux.
Jenny.
Printemps.
Vigdis la farouche.

VANDERBEKE BIRGIT
Le dîner de moules.
Apocalypse non!

WERFEL FRANZ
Le passé ressuscité.

WIECHERT ERNST
La servante du passeur.

WILDE OSCAR
Intentions
De profundis.
Nouvelles fantastiques.

WILSON ANGUS
Saturnales.

WOLF CHRISTA
Cassandre.
Aucun lieu, nulle part.
Scènes d'été.
Ce qui reste.
Incidence.
Trois histoires invraisemblables.
Changement d'optique.
Médée.

WOLFE THOMAS
De la mort au matin.

WOOLF VIRGINIA
Orlando.

YAMATA KIKOU
Masako.
La dame de beauté.

ZWEIG STEFAN
Amok.
La confusion des sentiments.
Le joueur d'échecs.
Vingt-quatre heures de la vie d'une femme.
Nietzsche.

Achevé d'imprimer en janvier 2010
sur presse rotative numérique
par DUPLI-PRINT
à Domont (95)
pour le compte des Éditions Stock
31, rue de Fleurus, 75006 Paris

Imprimé en France

Dépôt légal : janvier 2010
N°d'édition : 03 – N° d'impression : 140045
54-12-5427/7